CITÉ LES
ARGONAUTES

Mise en pages : Petits Papiers
Correction : Manon le Gallo
Illustrations : Julien Rico

1, rond-point du Général-Eisenhower, 31101 Toulouse Cedex 9, France
editionsmilan.com

Dépôt légal : août 2021 • ISBN : 978-2-4080-1976-1
Achevé d'imprimer au 2e trimestre 2021 en Italie par Grafica Veneta
Plus d'informations sur la fabrication de nos livres :
editionsmilan.com/comment-fabriquons-nous-nos-livres

Tu vides tes étagères et connais déjà ce livre par cœur ? Donne-le !

PEFC
PEFC/18-31-336
Certifié PEFC
Ce produit est issu de forêts gérées durablement et de sources contrôlées
www.pefc-france.org

INSA SANÉ

CITÉ LES ARGONAUTES

1. DES MENSONGES PLUS GRANDS QUE LE COLLÈGE

milan

À Nilâ et Lehna,
Emma et Evan,
Farrah, Sofia et Lila,
Christelle,
David,
Camille,
Lolvé

À Sarcelles.

PROLOGUE

BOUNÉGUEUX

LE NOUVEAU

J'ai posé mes valises à la cité des Argonautes à la fin du CM2, trois mois avant mon entrée en sixième. En même temps que j'aidais mes parents à défaire les cartons dans l'appartement, j'étais devenu le Nouveau, dans le quartier et dans mon école.

Le Nouveau ? Il a toujours une tronche qui ne nous revient pas. Personne ne sait ce qu'il est venu chercher. Lui non plus sans doute, tout pataud qu'il est dans ses habits impeccables. Il a beau essayer de se donner une carrure, c'est évident qu'il a le sourire fébrile. Le mot moite. Les mains agitées. Une assurance de géant aux pieds d'argile. Le regard planqué au fond de ses poches. Il n'a pas la gueule du coin, le Nouveau. Il a l'air de venir de loin. D'une autre galaxie. D'une autre planète. D'un pays imaginaire, même. D'une ville sans nom : la cité à l'autre bout du trottoir – à des années-lumière de la nôtre. Le Nouveau prend soin de préparer un discours, mais il bute sur les ponctuations, trébuche sur les accents, se casse le pif sur les conjonctions. Et ça fait rire ceux qui ne sont plus nouveaux.

Il a un truc qui cloche, le Nouveau. L'instit exige que l'on prenne soin de lui comme d'un jouet fragile. Mais personne n'a envie de s'encombrer de cette babiole ! Et puis... si ça se trouve... le Nouveau, il va prendre notre place. Celle au premier rang ou celle au centre de la cour de récréation. Pire ! Celle au fond de la classe près du radiateur. Non ! Pire encore ! Si ça se trouve, il va piquer la place que l'on a mis une éternité à se faire dans le cœur de notre amoureuse. C'est sûr, il n'a rien de rassurant... C'est sans doute pour ça qu'on ne l'aime pas, le Nouveau.

Je le sais parce que le costume du Nouveau, cette fois, c'était moi qui devais le porter.

***

J'étais tout flasque lorsque M. Pellegrini, mon maître de CM2, m'a demandé d'avancer face à la classe.

– Les enfants, vous avez un nouveau camarade. Il s'appelle… euh… Beau… ne… queu…

Papa m'avait dit d'être poli avec les gens de ma nouvelle école. Est-ce que c'est malpoli de corriger le maître ?

– C'est bien comme ça qu'on prononce ton prénom ? m'a demandé M. Pellegrini.

Euh… non.

– En fait, euh… c'est *Bou-né-gueux*.

– Ah, d'accord. Peux-tu te présenter ?

– Euh… Euh…

– Il s'appelle pas Bounégueux mais « Bouné-euh-euh » ! s'est marré un gringalet qui voulait se la jouer vrai bonhomme.

Je ne voyais pas ce que ça avait de drôle, mais les autres se sont mis à rigoler.

– Medi ! a menacé le maître. Une autre réflexion de ce genre et tu seras puni. Reprends, Bouné… euh… euh…

– Ha ha ha ! Même le maître il dit « Bouné-euh-euh » ! a enchaîné un gars mi-grand, mi-gras.

– Erwan ! Donne-moi ton carnet de liaison.

Erwan ? Airwan ? Air One ? Air Max One ? Le mec était affublé du nom d'une paire de godasses de sport et il se permettait de faire le malin ?! Lui, je l'avais déjà repéré. Il habitait le même immeuble que le mien, au dixième étage. Juste à côté du gars qui jouait de la flûte tous les soirs à 19 heures. Chez « Air Max One », clairement, personne ne portait des pompes de marque. Et la rumeur disait qu'il avait égorgé un chat, le Air One.

– Allez, continue…

M. Pellegrini avait renoncé à prononcer mon prénom. Tant mieux.

– Je m'appelle Bounégueux… Euh… j'ai dix ans. Euh…

– Et tu habitais où, avant ?

– À Pontault-Combault…

Au premier rang, une fille aussi agitée qu'une luciole a pointé le doigt vers le plafond.

– C'est en Afrique, ça, monsieur. À côté de Wadagoudou ! a-t-elle affirmé, aussi sûre d'elle qu'une carotte qui crierait « eurêka » en s'écrasant sur un bonnet d'âne.

La salle était pliée en deux. Même le maître faisait de son mieux pour ne pas se rendre complice de mon humiliation…

– Non, Jeanne ! Pontault-Combault, ce n'est pas en Afrique. C'est une ville en région parisienne. Et tu voulais sûrement dire « Ouagadougou ». Mais je crois que votre camarade est né en France.

– Bah… Euh…

– Oui, jeune homme ?

– Ben… je suis né au Sénégal.

Sans lever la main ni avoir tourné sa langue dans sa bouche, une jolie fille chocolat-vanille, au milieu de la salle, est intervenue :

– Ah bon, tu es Sénégalien ?

– On ne dit pas « Sénégalien », Maya, mais Sénégalais.

Allez… un bon point pour M. Pellegrini. Au moins, il était bon en géographie. Il a scruté la salle avant de décider :

– Va t'installer à côté d'Erwan.

Alors là, j'étais verni. J'allais me coltiner le gros dur de la classe. Il avait l'air tout aussi enchanté que moi à l'idée de cette cohabitation forcée. Je me suis avancé timidement vers ma chaise. C'était comme si on m'avait projeté en plein western. Le cow-boy solitaire qui débarque sur son cheval en ville… eh ben, c'était moi. Il y avait même ce fameux silence. Celui qui précède le moment où le héros et les méchants dégainent leurs flingues. Il ne manquait plus que le gémissement du vent soulevant la poussière en spirales. J'étais certain d'être le gentil, pourtant les regards m'ont fusillé de toutes parts jusqu'à ce que j'atteigne ma place.

– Sortez vos cahiers bleus, a ordonné le shérif.

Erwan avait… comment dire ? *Privatisé* la table. J'ai posé mon cartable. Comme il ne se décidait pas à retirer ses affaires, je les ai écartées délicatement. En réponse, il m'a mis un coup de coude vicieux entre les côtes pendant que le maître regardait ailleurs. Ce dernier m'a demandé de confectionner un chevalet en papier et d'y inscrire mon prénom. Je me suis exécuté sous le regard amusé de mon voisin.

– Y a plus de lettres dans ton prénom que dans l'alphabet, a-t-il pouffé à voix basse.

J'aurais voulu lui dire d'aller se faire scalper. Mais je n'avais pas le droit de parler comme un cow-boy. Je devais être poli… même avec les crapules. Je me suis écrasé. Erwan a certainement pris ça pour de la faiblesse puisqu'il s'est mis à bomber le torse :

– Baisse les yeux, le Nouveau ! T'es personne ici.

Papa m'a toujours dit que pour devenir quelqu'un, il fallait que je travaille à l'école. Alors, c'était ma ligne de conduite : faire mes devoirs, réviser mes leçons, obtenir d'excellentes notes. Pour moi, devenir quelqu'un, c'était avoir un métier comme celui que Maman exerçait désormais. Mais je venais d'apprendre qu'être quelqu'un, ce n'était pas forcément porter le tailleur des gens sérieux, ou la cravate de ceux qui n'ont pas de temps à perdre, ou un agenda plus chargé qu'un sapin à Noël. Je le savais, parce que ici et maintenant, *je n'étais personne*. Avant d'être le Nouveau, j'avais une vie. J'étais quelqu'un. Avant, mon nom était aussi commun qu'un « bonjour ». Avant, on ne se souciait pas de savoir où j'étais né, d'où je venais, qui étaient mes parents et les parents de mes parents. Pour ne pas être *personne*, il me suffisait de rester simplement moi. Avant, je n'avais pas besoin de virer le matériel d'un autre pour me faire un nid. Mais ça, c'était avant...

Mes parents avaient pressé le bouton « *reset* » de ma vie d'avant et, du jour au lendemain, j'avais fait mes cartons. Je n'étais même pas allé au bout de mon aventure qu'il fallait déjà que je reprenne le jeu depuis le début. Sérieux ! J'avais remporté des missions, franchi des mondes... passé des épreuves, remporté des trophées plus précieux qu'une dent de lait... Et, surtout, j'avais créé des alliances. Parce que la vie, c'est d'abord « être ensemble », comme Papa l'a écrit dans une de ses chansons – ah, oui ! Mon père est chanteur.

« J'ai pas d'armure de fer ni l'étoffe pour gagner les batailles.
Je connais les revers, sans la rançon ni l'or des médailles.
Pourtant, je voudrais prendre mon envol, malgré les doutes sur mes épaules.
Je peux gérer ma colère, même si parfois, j'aimerais virer au vert.

J'avance si souvent en oubliant ce qui est important…
Évidemment, je sais m'effacer. Mais j'aimerais tant lire dans tes pensées.
Dans mon aventure guerrière, est-ce qu'une ombre garde mes arrières ?
J'avance si souvent en oubliant que le plus important, c'est…
Être ensemble : ça peut rétrécir les montagnes à franchir.
Si je tremble, devrais-je te le dire pour me soutenir ?
Être ensemble : se conjuguer pour conjurer les peurs !
J'avance si souvent en oubliant le plus important…
Quand se dressent les barrières, j'aimerais pouvoir traverser les murs.
J'ai pas l'âme d'un mousquetaire. J'ai pas retiré mon Excalibur.
Seul l'anneau que je porte pour toi peut me rendre un peu plus sûr de moi.
Sans cheval blanc ni bannières, mon château de cartes j'ai perdu au poker.
J'avance si souvent en oubliant ce qui est important…
Être ensemble : ça peut rétrécir les montagnes à franchir.
Si je tremble, devrais-je te le dire pour me soutenir ?
Être ensemble : se conjuguer pour conjurer les peurs !
J'avance si souvent en oubliant le plus important… »

La sonnerie a retenti, annonçant la récréation. Erwan s'est levé et s'est apprêté à quitter la salle sous les yeux ahuris du maître.

– Erwan ! Qui t'a dit que tu pouvais partir ?

– Mais ça a sonné, maître.

– Pour la centième fois : ce n’est pas la sonnerie qui décide, c’est moi !

– Bah alors, pourquoi ça sonne ?

M. Pellegrini est resté bouche bée. Ses épaules se sont avachies et il a secoué la tête comme un petit chien en plastique sur la plage arrière d’une voiture. Tout en contenant maladroitement sa colère, il s’est résigné :

– Bon ! Allez, sortez !

En moins de temps qu’il n’en fallait pour dire « hypervitesse », la salle s’est vidée. C’est à cet instant-là que je me suis demandé à quelle sauce j’allais être mangé dans la cour. J’avoue, je ne faisais pas le malin.

– Maître, je peux aller à la bibliothèque ?

Je crois que M. Pellegrini avait compris mon désarroi, mais, après quelques secondes d’hésitation, il m’a répondu :

– Non, jeune homme, je ne suis pas certain que la BCD soit lc meilleur endroit pour t’intégrer. Va retrouver les autres dehors.

***

Bien sûr, il avait raison : on grandit toujours plus vite quand on affronte ses peurs et les défis que nous offre la vie.

BOUNÉGUEUX

C'EST PAS JUSTE

La Terre n'est pas plate, c'est sans doute pour cette raison qu'on tourne en rond. On en revient toujours au même point : la rentrée. Mais cette fois, je suis dans une nouvelle ville, un nouveau collège, et en plus… en sixième. Faut repartir de zéro. J'ai des cahiers et des livres tout neufs. Des vêtements sans faux plis, des chaussures sans taches. Et j'ai beau avoir gagné quelques centimètres pendant les vacances, je suis à nouveau le plus petit du bahut. En plus d'être le Nouveau.

Papa dit que je dois me faire une raison, qu'un chat retombe toujours sur ses pattes. Mon père, il est très fort pour les expressions tirées par les cheveux crépus. Quand ça m'arrange, j'aime bien lui piquer ses dictons. Alors qu'il finit de tartiner mon pain de confiture, il me lance :

– Bounégueux ! Vaut mieux être petit chez les grands que grand chez les petits.

Où est-ce qu'il va pêcher des trucs pareils ? Il devrait savoir que ça ne sent jamais très bon pour la sardine quand elle déboule au milieu des requins…

– Arrête de faire ta chochotte, se moque Adjimé.

Adjimé ? C'est mon grand frère. Il a treize ans. Trois ans de plus que moi. D'après lui, c'est une raison suffisante pour me tordre le bras et me foutre des taloches : « Le droit d'aînesse, frérot ! » Il fait moins le malin, à la fin de chaque trimestre, quand Maman décortique son bulletin scolaire. Papa défend Adjimé et souligne qu'il a quand même 18 en EPS. La bonne blague !

Adjimé ? Pas mal de gens bloquent sur son prénom. Il s'appelle comme ça parce que Papa est un fan absolu de *Dragon Ball*. Mon père voulait l'appeler Sangoku, mais c'était hors de question pour ma mère. « Et pourquoi pas Kamé Hamé Ha ?! » s'était-elle moquée. Alors, après que mon père lui a fait les yeux doux, après qu'il l'a suppliée… Maman a accepté un compromis : « J'ai une idée qui fait moins dessin animé ! Au début des combats que tu regardes tout le temps à la télé, ils crient "*hajime*", non ? Alors pourquoi pas… Adjimé ? Au moins, personne ne saura ce que ça veut vraiment dire. » Sauf qu'Adjimé se retrouve au tapis quand il tombe sur des gens qui ont des notions de judo. Et j'avoue que j'aime bien quand on le vanne.

Adjimé et moi, on est frères. Mais ce n'est pas comme si on avait eu le choix. Alors à qui la faute ? Papa ? Maman ? Le mauvais sort ? Quelle grosse farce, sérieux ! C'est injuste de ne pas pouvoir donner son avis quand il s'agit des liens du sang. On choisit bien ses amis. Alors pourquoi pas sa famille ? Adjimé ? Si c'était un cabot enfermé dans un chenil, personne ne voudrait l'adopter. Pardon ! Ce n'est pas gentil pour les chiens d'être comparés à mon frère… Et pourtant, les truffes, j'peux pas les blairer !

Depuis toujours, la seule ambition d'Adjimé, c'est d'être le plus fort. Heureusement qu'on lui a fait comprendre que les professeurs et les adultes sont hors compétition. Le jour où il arrêtera de s'en prendre à plus faible que lui, il faudra l'envoyer à l'infirmerie pour s'assurer qu'il va bien.

Même si mon petit déjeuner est terminé, je n'arrive pas à quitter la table. Alors mon père me demande si ça m'aiderait qu'il fasse le trajet avec moi jusqu'au collège. Et puis quoi encore ?! Hors de question que je passe pour un fils à papa. J'affronterai ce jour nouveau seul ou je ne l'affronterai pas…

Finalement, je pars avec Adjimé. Et comme d'habitude, on est obligés de se manger les quatre étages par les escaliers puisque l'ascenseur ne fonctionne toujours pas. Franchement, je préférais notre vie à Pontault-Combault… Au moins, dans mon ancienne cité, les machines n'étaient pas grippées. Mais comme dirait Papa : « On y est, on y reste. »

Pour se rendre au collège, il faut quitter la cité, franchir une départementale, couper à travers un terrain vague, et enfin, traverser une nationale. Le collège, bordé par un ruisseau, se trouve dans une espèce de cuvette.

En passant la grille de l'établissement, mon frère m'abandonne avec un avertissement :

– Allez ! Fais ta vie et me fous pas la honte !

Tout à coup, je me sens en terre étrangère. Ce n'est pas mon père qui n'a plus de copains depuis qu'on a déménagé, il y a trois mois. Ce n'est pas Adjimé qu'on appelle tout le temps « le Nouveau ». D'ailleurs, j'ai à peine fait quelques pas dans la cour du collège que Medi s'écrie :

– Tiens, v'là le Nouveau !

Y a pas à dire : la cour d'un collège est terrifiante lorsqu'on est en sixième, qu'on n'est pas plus haut que Gulliver au pays des géants et que notre seul allié, c'est la trouille au creux de notre estomac. Alors que je tente de me fondre dans la masse, Medi enchaîne :

– T'as pas vu les autres, le Nouveau ?

Quand il parle des « autres », il fait allusion à Jeanne, Erwan et Maya. Ces quatre-là sont inséparables. Même s'ils ne partagent pas grand-chose, voilà ce que je sais d'eux.

Jeanne, c'est la fille qui resterait invisible sans sa bande d'amis. Si elle est toujours au premier rang et qu'elle lève le doigt sans arrêt en classe, c'est sans doute pour qu'on la remarque et qu'on sache qu'elle est bien vivante.

Erwan a deux habitudes : s'asseoir au fond de la salle et passer pour un cancre. Il faut bien avoir un rôle à jouer. En CM2, en plus de porter le bonnet d'âne, c'était la terreur de l'école. Maintenant qu'on est tous en sixième, lui aussi est redevenu un minus. Ah oui, j'oubliais ! Erwan, il croit encore au Père Noël – et c'est pas juste une façon de parler. Il y croit dur comme l'enfer.

Maya, elle aime la rangée du milieu. Peut-être parce qu'elle veut être la gardienne de son petit monde, comme une louve avec ses petits. Elle a le caractère d'Athéna ou d'une amazone. Pour elle, une fille n'est pas vraiment une fille si elle n'a pas d'écorchures aux genoux. Elle kiffe le foot, les bolides, l'action. La bagarre ne lui fait pas peur et c'est même la reine des balayettes.

Tout le monde sait pourquoi au prénom de Medi, il manque un *h* comme « homme ». En classe, Medi est toujours scotché aux radiateurs. Il a sans doute besoin de chaleur, le Medi. Il sourit toujours avec les dents mais jamais avec les yeux. Il croit tromper son monde en l'ouvrant tout le temps, mais moi j'ai bien compris qu'il préférait passer pour une grande gueule que d'avouer sa tristesse à demi-mot.

Et si Medi me demande où sont ses potes, c'est qu'il se sent aussi fragile que moi. Alors j'essaye de le rassurer :

– Ils ne vont pas tarder…

– Ah bon, t'as une boule de cristal, le Nouveau ?

La sonnerie nous interrompt et un type surgit juste à côté de nous. Il culmine à plus d'un mètre soixante-dix. Il a une voix grave et une moustache blonde naissante. Quand tout à coup il se met à hurler, je m'imagine que c'est un surveillant :

– Vous attendez quoi pour vous aligner ?!

Je m'apprête à rentrer dans le rang quand Medi rétorque au colosse :

– Tu peux nous parler plus gentiment ? On n'est pas des chiens.

Je retiens mon souffle… On va sans doute nous demander nos carnets de liaison pour nous flanquer des heures de colle. C'est comme ça que ça marche, au collège. Mais je me souviens qu'on ne les a pas encore reçus. Le mec se plante au-dessus de nous et se met à cracher :

– Ici, c'est moi le boss, les fillettes. Alors vous la fermez et vous obéissez !!

C'est pas parce qu'on est un surveillant qu'on a le droit de s'adresser de cette manière aux élèves. Je reviens sur mes pas.

– Il n'a rien dit de mal, je lâche en restant solidaire de Medi.

Au moment où je pense qu'il va m'écrabouiller, une adulte réclame notre attention. Notre professeure principale, Mme Aslanian. Elle nous prie de nous mettre en file. Erwan, Maya et Jeanne arrivent à ce moment précis. Et, à ma grande surprise, le « surveillant » se case au milieu des élèves de la classe. À chaque fois que je me retourne vers lui, il nous jette des regards méchants à Medi et à moi. Il est encore derrière nous lorsqu'on entre dans la salle. Alors que Medi tire la chaise près du radiateur, je remarque enfin que le « surveillant » porte un sac à dos. En fait, c'est un élève de sixième, comme nous tous. Mais comment fait-il pour être si grand, si moustachu, et surtout… si con? Profitant que Mme Aslanian regarde ailleurs, celui-ci chuchote quelque chose à l'oreille de Medi avant de lui froisser le biceps. Je n'ai pas entendu ce qu'il lui a dit, mais je vois Medi récupérer ses affaires et abandonner sa place pour se réfugier au fond de la salle. La place du radiateur, c'est forcément celle de Medi. Même moi, le Nouveau, je le sais. Je prends la chaise à côté de lui. Il garde les poings serrés et la tête basse. J'essaye de le réconforter comme je peux :

– Te prends pas la tête. C'est un idiot !

Mais il demeure les yeux dans le vide, tremblant de colère.

Je veux croire que c'est un incident isolé. Que tout rentrera dans l'ordre une fois que chaque élève aura trouvé son rôle dans cette comédie qu'est le collège. Mme Aslanian commence par nous demander d'inscrire nos prénoms sur des chevalets en papier. Il faut croire que je ne suis plus le seul nouveau. Puis elle fait l'appel. Le fameux faux surveillant s'appelle Fabrice… Fabrice Trognon. Incroyable ! Une brute avec un nom de Bisounours. Notre professeure principale semble connaître l'animal puisque, avant de refermer le cahier d'appel, elle lui dit :

– Fabrice, quand on tombe de cheval, on doit remonter aussitôt en selle. Vous avez chuté plusieurs fois, j'espère que cette année vous ne laisserez pas votre monture sans cavalier…

À priori, le Trognon est un multiredoublant – d'où sa taille… Il se compose un sourire de gentil garçon. Mais a-t-il réellement saisi le message ? Ce n'est pas parce qu'on a un téléphone dernier cri que la connexion fonctionne. Et Fabrice n'a pas l'air de capter des masses.

Mme Aslanian nous donne notre emploi du temps et la liste de nos enseignants. Enfin, elle distribue les carnets de correspondance, sans manquer de rappeler les règles de conduite, parmi lesquelles : face au harcèlement, la tolérance zéro est appliquée dans l'enceinte de l'établissement. En sortant de cette première heure, Fabrice attend sournoisement que Medi arrive à sa hauteur pour tenter de le victimiser :

– Toi, là, t'arrêtes pas de te la raconter !! J'vais te montrer qui c'est qui commande.

Medi, fidèle à lui-même, répond du tac au tac :

– En tout cas, « qui c'est qui commande » doit pas être bien futé, sinon il s'rait pas dans ma classe.

La moutarde monte au nez du commandant en chef des redoublants. Heureusement, alors qu'il semble sur le point de fondre sur Medi, Erwan, Jeanne et Maya font barrage. Je me joins à eux.

D'abord surpris que le Nouveau se mêle d'affaires qui ne le concernent pas, ils se souviennent que l'union fait la force. D'ailleurs, Fabrice l'a très bien compris aussi :

– Vous ne pourrez pas toujours défendre votre pote.

En croyant bien faire, je réplique :

– Continue de l'embêter et je vais le dire à la prof !

– C'est ça, bande de nazes ! rétorque-t-il en s'en allant, mains dans les poches.

Quand il est trop loin pour nous entendre, Erwan se tourne vers moi, sourcils froncés, l'air de vouloir me tomber dessus :

– Mais qu'est-ce qui t'a pris de dire ça ?

– De dire quoi ? je demande, perdu.

– Tu nous fais passer pour des cafteurs. On n'est pas des balances, nous !

Qu'est-ce qu'il y a de mal à vouloir dénoncer une injustice ?

– Si on ne fait rien, il va continuer à chercher Medi…

Erwan interroge les autres du regard en secouant la tête, puis, comme si j'étais une cause perdue, il soupire :

– Tu débarques, le Nouveau.

Ils me tournent le dos. Medi les suit sans un merci. Eh bien, qu'ils se débrouillent sans moi !

À la récréation, pendant que l'autre vautour virevolte autour de Medi, je reste tranquillement dans mon coin. Ce n'est plus mon problème… Enfin, je crois…

Trois semaines plus tard, on est en train de se rendre au terrain de sport quand Fabrice s'en prend, cette fois, à Erwan.

– Tu les as trouvées dans quelle poubelle, tes pompes ? Tu sais que ça existe, les marques ?

Il croit être drôle, mais il ricane tout seul. Erwan, il n'a pas eu d'habits neufs pour la rentrée. Je ne l'ai jamais vu non plus avec un goûter à la récréation ou après l'école. Ses parents n'ont pas la chance d'avoir un travail. Alors ils n'ont pas la chance d'offrir des godasses de marque à leur enfant.

Erwan regarde ses pieds. C'est encore une fois Medi qui remet Fabrice à sa place :

– Tu sais qu'un gars de quarante ans en classe de sixième, c'est suspect ? T'as plus de moustache que nos profs et tu viens l'ouvrir…

Cette fois, tout le monde éclate de rire. Sauf Fabrice. Il se met à insulter Medi en jurant qu'il va le payer.

Une fois qu'on est en tenue de sport, le prof d'EPS nous réunit au centre du terrain de foot et désigne deux capitaines : Maya et Erwan.

Dans un groupe, tu sais si tu es estimé – ou pas – quand il s'agit de former des équipes. D'abord, on choisit les meilleurs. Ensuite, on sélectionne les amis : Maya a pris Medi et Erwan a pris Jeanne. Enfin, on se répartit les miettes : ceux qui ne sont pas des flèches, ceux qui ont deux pieds gauches, voire une jambe de bois… Et c'est toujours la honte d'être pris en dernier. Et là, il ne reste plus que Fabrice et moi… Le Nouveau contre le Méchant. C'est au tour de Maya de choisir :

– Je prends… Bounégueux.

J'ai bien entendu ? Elle a bien dit mon prénom ? Je ne suis donc pas le dernier… Le pouilleux, l'indésirable, c'est Fabrice. Je vois à sa tête qu'il a les boules. Je me marre intérieurement. Seulement, ma joie est de courte durée, car Maya m'envoie dans les buts. Non ! Tout sauf ça ! Le goal, c'est soit celui qui a les pieds carrés, soit le gros… Sérieux ! Je suis plutôt svelte et je me débrouille très bien, ballon au pied. Mais je suis le Nouveau. Oui, je suis comme ces gens qui viennent de loin après avoir pris l'avion, le bateau, la voiture, avec une valise chargée de souvenirs… Je le sais puisque, moi aussi, je suis né ailleurs.

Je prends sur moi quand Maya me tend des espèces de machins tout abîmés à me foutre sur les mains – c'est fou, ça, comment des gants peuvent puer des pieds ?

– Tu les portes ou pas, annonce Maya. Tu fais comme tu veux, mais tu vas dans les cages.

Boudeur, je me mets en position dans la surface de réparation. Mais je ne suis pas le plus à plaindre. Pendant toute la partie, Fabrice charge Medi à la culotte. Et quand le prof de sport tourne la tête, il en profite pour lui faire des croche-pattes ou lui mettre des taloches. Je ne comprends pas bien cette règle qui impose de souffrir en silence sans se plaindre à l'autorité. Comme je ne supporte plus de voir le pauvre Medi par terre toutes les cinq minutes, je crie :

– Monsieur ! Monsieur ! Fabrice, il arrête pas de faire faute sur Medi quand vous le regardez pas…

Le prof impose un temps mort pour demander à Medi :

– C'est vrai ?

– Non ! Tout va bien, prétend Medi alors que Fabrice le fusille du regard.

Et voilà ! Maintenant, c'est moi qui passe pour un tricheur aux yeux de M. Rasa. Quand le jeu reprend, la grosse brute se tourne vers moi et, avec son pouce, il dessine un croissant de lune sous sa gorge. Même pas peur. Enfin, si… quand même un peu.

Fabrice ne s'en prend plus directement à Medi mais il fait tout pour l'empêcher d'avoir le ballon. Il le suit comme une ombre malfaisante. Seulement, en fin de match, Maya parvient enfin à envoyer la balle à Medi sous le regard attentif du prof. Il enchaîne des passements de jambe, et il glisse la balle entre celles de Fabrice. Tout le monde fait « OOUUUH » à l'unisson. Un petit pont… la honte ! Le pire, c'est que Fabrice se retrouve le cul par terre. Medi tire en direction de Maya qui fonce vers les cages adverses et balance un boulet de canon : BUUUUUT !

On est sur le point de célébrer ce but victorieux quand s'élève un hurlement à nous glacer le sang. Medi se tord de douleur à terre en tenant son genou en sang. Fabrice a dû l'attaquer par-derrière quand tout le monde était concentré sur l'action de Maya. Alors qu'on le fixe comme le monstre qu'il est, lui s'éloigne de sa victime comme si de rien n'était.

– Désolé, mon pote. J'suis trop maladroit.

À la surprise générale, c'est Jeanne qui sort de ses gonds. Ils ont beau être dans la même équipe, elle fonce sur Fabrice. Folle de rage, elle lui décoche un coup de poing dans le ventre. Vu que cette fille est un poids plume, Fabrice n'a sans doute rien senti. Pourtant, il semble sur le point de répliquer. Heureusement, le prof intervient. Alors que je m'attends à ce qu'il soit sévèrement puni, Fabrice s'en sort avec une simple réprimande. M. Rasa a mis la blessure de Medi sur le compte du jeu.

J'ai les boules !

Medi aurait pu avoir une jambe cassée ou les ligaments déchirés... Moi, ça me rend malade qu'il se retrouve à l'infirmerie et que personne n'intervienne.

Le soir même, à la maison, quand Papa me demande comment s'est passée ma journée, je n'arrive pas à lui dire la vérité. Les mots d'Erwan tournent en boucle dans ma tête : « On n'est pas des balances. » On ne cafte pas. Alors je feinte :

– Super !

– Tu vois, je savais que tu allais te faire plein de copains. Qui a toujours raison ?

– C'est Papa !

– Oui ! C'est Papa. Bon ! Tu prends ton goûter, et après tu vas faire tes devoirs avant que Maman rentre.

J'avale les crêpes qu'il a préparées et je fonce dans la chambre d'Adjimé. Cafter, c'est quand on se confie aux adultes, non ? Adjimé n'est pas un adulte. Il manque même de maturité pour son âge. C'est pas moi qui le dis, c'est écrit sur tous ses bulletins. Il fait la tronche quand je m'incruste dans son antre alors qu'il pionçait au lieu de réviser. Mais il finit par accepter de m'écouter en voyant ma tête. Je lui avoue tout en reprenant depuis le jour de la rentrée. J'ai vraiment besoin de soutien. Mais comme Adjimé est une brute, il réfléchit aussi comme une brute :

– T'as bien fait de pas en parler au vieux. Mais j'peux pas faire grand-chose. C'est moi qui choisis mes adversaires…

Il ne comprend vraiment rien à rien. Avant que je lui explique que je ne veux pas qu'il aille se battre contre ce mec, mon frère enchaîne :

– Si j'ai bien compris, il a redoublé plein de fois, ton Fabrice. Je peux pas prendre le risque de perdre contre un sixième, même si techniquement il a mon âge. J'ai une réputation, moi. Et puis j'y gagnerais quoi ?

Plus il parle, plus ça me semble logique. Adjimé, c'est pas une lumière, mais parfois, il a des éclairs de génie.

– Merci ! Merci !

Il a l'air surpris, mais, fidèle à lui-même, il lâche :

– C'est normal, microbe ! Tu verras quand tu deviendras un grand frère… En tout cas, tu peux toujours venir me voir si t'as des problèmes. Enfin, pas trop souvent, et ça dépend des problèmes… mais tu m'as compris.

Quand Maman rentre du boulot, je suis dans ma chambre en train de réfléchir à mon plan. À peine débarrassée de son sac à main et de sa veste, elle réunit sa troupe pour la passer en revue :

– Adjimé, je dois signer un avertissement dans ton carnet de correspondance ?

– Non, Maman !

– Tu as fait tes devoirs ?

– J'ai pas terminé… parce qu'il fallait que j'aide Bounégueux sur un truc.

Je sursaute. Adjimé me prouve encore qu'il a musclé toutes les parties de son corps, sauf son cerveau.

– Ah bon ? Tu as besoin d'aide à propos de quoi, Bounégueux ?

Ça y est, j'suis foutu ! Maman, elle prétend travailler pour une banque. Mais je suis sûr qu'en vérité, elle est agent secret. Elle torture les crapules pour les faire parler. Elle va me passer à la fraise du dentiste et aux électrochocs, c'est certain ! Mais je ne dois rien lâcher, sinon, elle risque de se pointer au collège pour arracher les dents de Fabrice. Il me faut une diversion imparable.

– Maman, il y a cette fille… Je crois que je suis amou…

– Quelle fille ? Tu ne vas pas à l'école pour faire des trucs bizarres ! Saliou, parle à ton fils !

Je parie que Papa va se dégonfler. Et ça ne loupe pas :

– Bounégueux… L'amour… euh… Tu sais… il y a un âge pour… Non ! Les filles… euh… Oui, eh bien… Ta mère a raison… Bon ! Tu as compris ?

Les grandes personnes ne me déçoivent jamais.

Le lendemain, je rejoins Maya et Erwan sur le chemin du collège. Je sais qu'ils se donnent rendez-vous tous les jours à la même heure. Ils sont surpris de m'entendre les héler derrière eux. Ça n'a pas l'air de réjouir Erwan :

– Tu veux quoi, le Nouveau ?

Heureusement, Maya est plus amicale. Je me lance :

– Je veux juste aider… Medi se fait harceler par Fabrice depuis la rentrée. Moi, je n'aime pas ça. Vous ne voulez pas en parler aux profs, alors j'ai trouvé une solution…

ERWAN

LA PETITE SOURIS

– Papa ! Papa ! Regarde…

J'accours depuis la salle de bain, la bouche grande ouverte. Mon père s'approche, pas tellement enthousiaste. Il se force tout de même à m'examiner :

– Tu as encore une carie ? Tu nous coûtes cher en dentiste, Erwan…

Pourquoi mon vieux voit toujours le verre à moitié vide ? Avant même que je puisse répondre, il fourre ses doigts dans ma bouche.

– Hé han ! Hé a haa !

– Quoi ? !

Quand il se décide enfin à ôter sa patte d'ours de mon gosier, je répète :

– Mais nan, c'est pas ça ! J'ai une molaire qui va bientôt tomber. Celle du fond à gauche, je dis en l'indiquant avec mon index.

Cette fois, il prend son temps, remue avec son pouce. Il insiste bien dessus pour vérifier que je ne mens pas comme un arracheur de dents.

– Tu crois que cette fois, la petite souris va passer ? Non, parce que pour les trois dernières dents, tu m'as dit que c'était parce que l'ascenseur fonctionnait plus qu'elle est pas venue. Et d'ailleurs, pourquoi elle et le Père Noël, ils prennent jamais les escaliers ?

Tout à coup, c'est comme si on avait éteint les lumières dans les yeux de mon père. Il s'assoit sur son fauteuil et m'attire à lui pour me prendre sur ses genoux, alors qu'on fait presque la même taille, maintenant.

– Erwan, tu sais ce que ça veut dire quand on perd ses dents de lait ?

– Ben oui ! Ça veut dire que je deviens grand…

Il prend une profonde inspiration. Je ne comprends pas pourquoi il en fait tout un fromage, de la petite souris. J'espère qu'il ne va pas m'annoncer que l'ascenseur est à nouveau en maintenance.

– Tu es au collège maintenant, mon fils… Tu dois savoir que…

Au moment où Papa s'apprête à terminer sa phrase, Maman surgit de nulle part. Elle lui fait ses yeux de la mort.

Quoi ? Vous savez pas ce que c'est, les « yeux de la mort » ?! Mais vous débarquez ou quoi ? Bon ! J'vous explique. Les « yeux de la mort », c'est quand un papa assure pas du tout et que la maman utilise une technique de daronne infaillible : elle envoie un rayon laser invisible au papa qui se retrouve paralysé.

– Qu'est-ce qu'Erwan doit savoir ??

Papa se met à buguer, alors j'interviens :

– J'ai une molaire qui bouge. Et j'ai demandé à Papa si cette fois, la petite souris allait déposer une pièce sous mon oreiller, vu que l'ascenseur fonctionne de nouveau. Après, Papa a dit que j'étais au collège maintenant, et après… eh ben, euh… je sais pas. T'allais dire quoi, Papa ?

Maman s'installe sur le canapé et me fait signe de la rejoindre. Elle me caresse le crâne en faisant des boucles dans mes cheveux roux, comme les soirs où j'ai du mal à dormir.

– Oui, mon chéri ! Tu grandis tellement vite. Je te promets que cette fois, la petite souris va passer.

– Oui, mais si l'ascenseur tombe encore en panne ?

– Tu sais ce que je vais faire ? Je vais dérouler une pelote de laine depuis la fenêtre de ta chambre, comme ça, elle n'aura plus d'excuse.

Y a un truc qui m'échappe. C'est plus facile pour une souris de grimper par une ficelle que de prendre les escaliers ? Mais puisque Maman a l'air sûre d'elle…

Une chose est sûre : si je veux que ma dent tombe rapidement, j'ai intérêt à la taquiner. C'est ce que je fais en rejoignant Maya qui, comme chaque jour, m'attend devant la clôture de sa maison. Vous ne connaissez pas Maya ? Sérieux ? Vous débarquez vraiment !! Laissez-moi vous faire son portrait. Maya, elle éclipserait tous les tableaux si elle vivait dans un musée. Mais son sourire ne sera jamais enfermé derrière une vitrine… Maya, elle est magnifique au présent, dans la rue, dans la cour, en classe, dans la vraie vie. Et même quand elle est en colère, comme ce matin :

– T'es toujours à la bourre !! Medi va partir sans nous.

Medi… Ah ! Je l'oubliais, ma « médinette » qui prétend détester l'école mais qui n'a jamais loupé un seul jour de classe. D'ailleurs, dès que Maya et moi, on a un peu de retard, *môssieur* se barre – soi-disant parce que ses parents n'aiment pas avoir à signer les mots sur son carnet de correspondance. Difficile de croire que *môssieur* est tout le temps planqué près du radiateur.

– Excuse, Maya. Mais devine quoi ?

– Vas-y, dis…

– Eh ben, j'ai une dent de lait qui va tomber. Tu sais ce que ça veut dire ?

– Erwan, je vois où tu veux en venir. Mais entre nous, tu ferais mieux de ne pas en parler devant tout le monde au collège…

Je la suis sans insister. De toute façon, Maya, quand elle n'a pas envie de parler, y a personne qui peut la forcer. Au moment où on va arriver au pied de l'immeuble de Medi, quelqu'un derrière nous se met à crier nos prénoms. C'est le Nouveau ! Pas étonnant que vous ne le connaissiez pas, lui, vu que c'est un nouveau.

Qui a invité le Nouveau à nous suivre comme un toutou abandonné ? Il m'ennuie à vouloir s'incruster, celui-là.

– Tu veux quoi, le Nouveau ?

– Calme-toi, Erwan ! Pas la peine de l'agresser.

Maya, elle est trop gentille. L'air innocent du Nouveau, je suis sûr que c'est du mytho. Le gars se met à nous parler de Medi, de la situation avec Fabrice, et nous annonce qu'il a un plan. J'y crois pas !

Plusieurs fois, le Nouveau, il a voulu cafter et nous faire passer pour des balances dans le collège. Déjà que c'est pas facile d'être un sixième... Et puis, le Bou-né-euh... il utilise des grands mots comme « harceler ». Moi, je dis que les types qui se font harceler, ce sont des boloss, et Medi, c'est pas un boloss. Par contre, le Nouveau, il a une tête de victime, lui. J'ai pas envie de lui causer. Malheureusement, Maya est plus sympa que moi.

– Medi, il est pas très épais, mais il sait se défendre...

– Le lion est le roi des animaux. Mais il a beau rugir, c'est toujours le fusil qui l'emporte...

J'AI. RIEN. CAPTÉ ! Soit il parle comme un vieillard, soit c'est une expression courante dans son pays. Ah oui, pour info : le Nouveau, il est né j'sais pas où en Afrique, quelque part à côté d'un bled qui s'appelle Pontault-Combault...

Les Africains, ils sont sages, c'est ce que tout le monde dit. Mais s'ils ont tout compris à la vie, pourquoi qu'ils sont si pauvres ? Encore plus pauvres que Papa et Maman... Et puis, il me casse la tête, le Nouveau, à faire comme s'il captait tout mieux que tout le monde.

– Hé, mon gars. Moi, Maya et Jeanne, on sera toujours là pour Medi !

– T'as raison… Et ça s'est très bien vu, hier en EPS, quand Fabrice a envoyé Medi à l'infirmerie.

Depuis quand les Nouveaux donnent des leçons à ceux qui le sont pas ? Mais avant que je puisse le remettre à sa place, Maya lui demande :

– C'est pas faux ! Alors, c'est quoi ton idée ?

– Quel est le comble pour une grosse brute ?

Il me lance un regard comme si j'étais mieux placé qu'un autre pour trouver la réponse… Qu'est-ce que j'en sais, moi ?

– Bah, on t'écoute, Grand Sage !

– C'est de se faire casser la figure par une encore plus grosse brute.

Maya semble comprendre où il veut en venir.

– Puisque Fabrice cherche la bagarre, on va lui trouver un adversaire à sa taille…

J'y vois un peu plus clair. Mais y a encore un truc qui me chiffonne :

– Ça marchera pas ! On aurait l'air de quoi si on demandait à un troisième de lui régler son compte ?

Apparemment, ce n'est pas ce que le Nouveau prévoyait de faire.

– Et si on faisait courir le bruit que Fabrice se prend pour le plus fort du collège ?

Maya s'arrête net et me regarde l'air de dire « pourquoi on y a pas pensé plus tôt ?! » puis elle déclare :

– Mais oui ! Comme ça, pas besoin de nous tourner directement vers un troisième. Il faut juste qu'on organise un combat dans le dos des adversaires ! Génial, Bounégueux !

Depuis quand et pourquoi Maya connaît le prénom du Nouveau ? J'avais donc bien raison de me méfier de lui. Il l'a sans doute envoûtée avec des incantations, ou des talismans, ou des trucs d'Africain. Car tout le monde le sait, les Africains, ils sont balaises en magie noire. D'ailleurs, c'est bien pour ça que ça s'appelle de la magie noire et pas de la magie rebeue ou babtou. Et d'ailleurs, pourquoi Bou-j'sais-pas-quoi, il jette pas directement un sort à Fabrice ? On économiserait du temps et des méninges. Malheureusement, Maya se range de son côté.

Medi a encore quitté la cité sans nous. Sur tout le trajet du bahut, je dois supporter seul les bla-bla-bla et bla-bla-bla de Maya et l'aut' malin…

On arrive au collège, pile-poil au moment de la sonnerie. Jeanne est déjà en tête de file et Medi se tient à bonne distance de Fabrice. Quand nos amis s'avancent vers nous, l'autre idiot de Fabrice ne peut s'empêcher de faire un croche-patte à Jeanne. C'est vrai qu'il faut qu'on le remette à sa place. Fabrice, j'ai appris qu'il avait été viré de son ancien collège. Celui de son quartier. C'est Rayan, le cousin de Medi, qui me l'a appris. Rayan, il habite dans le bâtiment de l'autre enflure, à la cité des Cosmonautes, au sud de la nôtre. Bref ! Medi est visiblement surpris de nous voir avec le Nouveau :

– C'est à cause de lui que vous étiez en retard, ce matin ?

– Non ! C'est parce que Erwan a une dent qui bouge.

J'y crois pas, Maya me fait porter le chapeau. L'autre marabout l'a réellement ensorcelée. Sans que je puisse me défendre, Medi me fixe gravement :

– Mec ! T'as pas intérêt à parler de la petite souris. C'est ni le moment ni l'endroit. Pigé ?

Ah bon ?! Eh ben si c'est comme ça, quand la petite souris déposera des pièces sous mon oreiller, eh ben, j'irai m'acheter des bonbecs sans cette bande d'ingrats !! Et j'en profiterai en solo.

Mme Aslanian descend de la salle des profs, accompagnée d'un bonhomme tout noir et habillé comme s'il débarquait d'un des magazines de mode que Maman, elle aime lire. C'est peut-être un CPE ou un inspecteur ? Les inspecteurs, qu'ils soient de la police ou de l'éducation, ils ont une seule mission : mener l'enquête. C'est pour ça que les profs, en apprenant qu'ils vont être contrôlés, demandent à l'avance aux élèves de se tenir à carreau et de bien répondre aux questions. Ils ne veulent pas se retrouver en prison comme mon tonton Malo.

Quand il y a des inspections, moi, je veux ni être complice, ni être une poucave. Je reste au fond de la classe et je fais comme si de rien n'était – parce que, si ça se trouve, le prof, il a enterré des élèves dans son jardin, ou c'est un terroriste qui met des mauvaises notes pour faire exploser l'avenir de notre pays.

Pendant qu'on traverse les couloirs, j'aperçois Maya chuchoter à l'oreille de Jeanne. Elle doit sûrement parler du plan bidon qu'ils préparent contre Fabrice. J'ai eu le temps de bien cogiter sur le sujet avant d'atteindre la classe. J'en suis arrivé à la conclusion que si quelqu'un doit se battre contre Fabrice, c'est bien moi. Après tout, j'étais le plus fort de l'école quand on était en CM2, nan ? Et puis, si je peux pas protéger mes amis, c'est pas le Nouveau, avec ses foutus grigris, qui y parviendra.

Mme Aslanian nous fait rentrer dans la salle. Je fonce direct au fond pendant que Fabrice réquisitionne encore la place du radiateur. Le Nouveau s'installe à côté de Medi. Il compte donc envoûter tous mes potes !

Après avoir fait l'appel, la prof présente le monsieur qui l'accompagne. Je me suis trompé. Même s'il a le regard du mec qui fouine, il n'est pas inspecteur. En même temps, j'aurais dû m'en douter : ça ne court pas les rues, les inspecteurs noirs. Les Noirs, c'est soit des voleurs, soit des balances… Je sais de quoi je parle, j'ai vu pas mal de films.

Enfin bref ! D'après Mme Aslanian, il est écrivain et comédien. Rien que ça… Je suis un peu sceptique.

– Madame ! Les écrivains et les dinosaures, ils sont tous morts. C'est pour ça qu'on les étudie à l'école même si c'est barbant. Alors, il sort d'où celui-là ?

– Tu t'appelles comment ? me demande l'intervenant.

– Erwan, monsieur !

– Enchanté ! Moi, je m'appelle Wilfried N'Sondé. Tu as parfaitement raison, Erwan : c'est louche, un écrivain vivant, et encore plus étrange un écrivain beau gosse avec un sourire d'acteur…

Tout le monde explose de rire.

– OK, vous parlez bien, mais qu'est-ce qui prouve que vous écrivez des livres ? Et puis, tout le monde sait que ceux qui sont bons en grammaire et en orthographe sont chiants comme l'enfer. Désolé, Jeanne. Je dis pas ça pour toi.

– À vrai dire, pour être écrivain, il faut avant tout savoir raconter de belles histoires. C'est ce que j'ai essayé de faire dans mon roman.

Il nous montre son livre, intitulé *Le Cœur des enfants léopards*.

– Pardon, mais c'est la première fois que j'en entends parler.

– Moi, je lis tout le temps, et pourtant, je suis incapable de connaître tous les livres. Et en plus, on n'est pas obligé d'aimer tout ce qu'on lit.

Il est doué avec les mots, celui-là. Je veux bien croire qu'il est écrivain… mais comédien ?

– Dites, monsieur, si vous êtes comédien, pourquoi je vous ai jamais vu à la télé ? Je m'en serais souvenu, parce que des Noirs à la télé, y en a pas tant que ça : Omar Sy, Denzel Washington, Nick Fury et le mec vieux qui a la voix super grave et qui arrête pas de spoiler. Vous voyez pas ? Mais si… ce gars, là, avec ses taches de rousseur… qui est vieux dans tous les films… Même qu'on sait pas si un jour il a été jeune…

– Morgan Freeman ?

– Oui !! C'est de lui que je parle…

– Je suis comédien et pas acteur, Erwan. Le comédien joue au théâtre et l'acteur à la télé et au cinéma.

– Ah bah, ça explique pourquoi que je connais pas de comédien. Maman, elle dit que ceux qui vont au théâtre, c'est les gens qu'ont envie de pioncer mais qui se la pètent trop pour le faire chez eux.

Sans que je saisisse pourquoi, Mme Aslanian se met en pétard :

– Erwan ! Tu commences à dépasser les bornes.

– Qu'est-ce qu'il est bête ! surenchérit Fabrice.

Et là, l'écrivain-comédien machin-chose prend ma défense, je crois :

– Il n'y a pas de mal ! On apprend à se connaître, alors, on peut tout se dire. Et puis, il n'est pas bête, il a plein de remarques intéressantes qui questionnent notre société. Et si on ne débattait pas, on serait encore convaincus que la Terre est plate…

Il s'arrête de parler et me fixe, des points d'interrogation comme accrochés à ses sourcils.

– Erwan ?! il me demande. Tu fais quoi avec les doigts dans ta bouche ?

Ah ! Mon moment de gloire est enfin arrivé :

– J'ai une dent qui bouge. Et si elle tombe, je suis presque sûr que la petite souris va venir me rendre visite… Hé hé hé !

J'entends Medi, Jeanne et Maya se claquer le front du plat de la main à l'unisson pendant que le reste de la classe éclate de rire. Et Fabrice ne se retient pas de m'envoyer en pleine figure :

– Il est sérieux, ce gamin ? Il croit encore à la petite souris. Retourne à la maternelle, mon p'tit bébé !

Cette fois, il m'a bien chauffé…

– Oui ! J'y crois parce que tant que j'y crois, les choses invisibles peuvent exister. Si tu crois pas au Père Noël, il a aucune raison de venir chez toi. Si tu crois pas que le soleil va se lever, t'as aucune raison de te réveiller. Si tu crois pas qu'un jour tu seras heureux, tu resteras toujours en galère. Toi, tu crois en rien, c'est pour ça que t'es con !!

– J'vais te défoncer, espèce de minable ! fulmine Fabrice en quittant sa chaise.

Il veut se la jouer caillera, mais je vais lui montrer que je peux être plus dingo que lui. Au moment où je m'apprête à me lever à mon tour, Wilfried N'Sondé s'interpose entre nous. Il oblige Fabrice Trognon à regagner sa place. Ah oui ! Vous avez loupé un épisode. Le Fabrice, son nom de famille, c'est Trognon. Trop mignon, non ?

L'écrivain, il a un calme à toute épreuve :

– Quand on en vient aux mains, c'est qu'on a déjà perdu. Allez ! On se calme et on s'écoute. Fabrice, tu ne crois pas à la petite souris ?

– Bien sûr que non ! Il est en sixième et il croit encore à toutes ces conneries.

J'ai juste envie de lui éclater la figure, à l'autre grande brute. Wilfried pose sa main sur mon épaule et me la presse, comme font les avocats dans les films avec leurs clients.

– Erwan, es-tu certain que la petite souris existe ?

– Bah non ! Mais tant que j'y crois, elle a des raisons de déposer des pièces sous mon oreiller. Hé hé !

Tout à coup, le visage de Wilfried N'Sondé s'éclaire, comme s'il venait d'avoir une révélation. De sa voix puissante, il proclame :

– Oui ! Mais oui ! C'est exactement ça ! Savez-vous qu'il y a des siècles, pendant l'Inquisition, on brûlait les gens qui ne croyaient pas en Dieu ?

– Je le sais. Et c'était pas juste ! s'offusque Maya.

– Tu as raison. Mais c'est tout aussi injuste de se moquer aujourd'hui de ceux qui croient. On a la chance de vivre dans un pays laïque qui doit protéger ceux qui croient et ceux qui ne croient pas. Vous comprenez ? Mais le plus important, c'est d'abord de croire en vous. Le reste viendra à force d'efforts.

J'ai rien pigé, mais puisqu'il semble d'accord avec moi, j'acquiesce. Après avoir demandé un feutre Velleda à la prof, il écrit sur le tableau blanc :

« Je pense, donc je suis. Je crois en ce que je construis. »

Si ça se trouve, même Mme Aslanian y capte que dalle. En guise d'explication, Wilfried N'Sondé se contente de dire :

– Repensez à cette phrase quand vous serez en terminale.

Après un moment de silence, il nous expose la raison de sa présence. Il est « artiste en résidence » dans l'établissement. Il a décidé qu'on allait travailler sur une pièce de théâtre adaptée du roman d'un saint que je ne connais pas. Le livre s'appelle *Le Petit Prince*. Je ne suis pas super emballé à l'idée de faire le clown en public, mais Wilfried N'Sondé croit en moi, alors je peux bien avoir confiance en lui.

En descendant dans la cour de récréation, je sens que le regard des autres sur moi a changé. Jeanne me félicite :

– C'était super, ce que t'as dit !

Je sais plus vraiment ce que j'ai dit de si génial, mais je suis content qu'elle me lance des fleurs. Mieux encore, Maya me sort :

– J'espère que la petite souris te filera plein de pièces, comme ça, tu nous achèteras des bonbons.

Alors ça, oui ! Il faut qu'elle tombe, cette foutue dent. Malgré la douleur, je m'acharne encore plus sur elle. Medi s'excuse pour ce qu'il a balancé à propos de ce que je pouvais dire ou pas. Et le Nouveau me colle une tape à l'épaule.

Juste après, Maya et les potes partent en chasse dans la cour. Ils ne veulent décidément pas se faire à l'idée que le plan de Bouné… euh… est bidon. Mais peut-être qu'eux aussi, ils ont besoin de croire ? Alors je me fais une raison. J'évite de leur dire que j'envisageais de me porter volontaire pour affronter Fabrice. On décide aussi de mettre Medi dans la confidence. Après tout, c'est pour lui qu'on fait ça. Sans surprise, il accepte de participer à l'opération « Colosse *versus* Trognon ».

Le premier candidat qu'on évoque me semble parfait. Au moment où nos regards se posent sur lui dans la cour de récréation, il est en train de forcer un pauvre élève à baisser les yeux. Seulement, cette enflure, c'est Adjimé, le frère de Bou… né… gueu. Et ce dernier pose son veto :

– Vous connaissez le monstre de Frankenstein ? Même si j'arrivais à convaincre mon frère, ce serait comme vendre notre âme au diable.

Aucun d'entre nous n'a envie de passer l'éternité à écouter la *Salsa du démon.*

L'autre potentiel concurrent, c'est Max : une armoire à glace aussi haute que large.

– C’est vrai que c’est un beau bébé, mais la rapidité et l’endurance viennent souvent à bout de la force brute, intervient Bounégueux.

Je réalise qu’il a raison : Max a beau être un mastodonte, il ne fera pas le poids. Il nous reste encore dix minutes avant la fin de la récré et on ne chôme pas. Finalement, on tombe tous d’accord sur Djibril. Il n’est ni trop gros, ni trop maigre, ni trop grand, ni trop petit, ni… trop moche. Il a pour lui d’être aussi bête que méchant !

Maintenant qu’on a déniché l’appât, on doit ferrer le gros poisson : Fabrice. En rang pour rejoindre le cours de maths, on se poste assez près de lui pour qu’il entende notre conversation. On distille notre poison, sourire en coin. Bounégueux verse la première goutte :

– Mais non ! Le plus fort du collège, c’est Djibril. Il domine tous les troisième réunis.

Maya ajoute son grain de sel :

– Il peut sans doute battre n’importe quel troisième, mais en quatrième, il y a Adjimé.

C’est à moi de jouer :

– Et vous imaginez un sixième ? Il en ferait qu’une bouchée !

Fabrice mord à l’hameçon. Il se retourne en bombant le torse.

– Fermez-la ! Le plus fort du collège, c'est moi !

Jeanne ramène aussi sa pomme :

– T'as beau te donner des grands airs, on n'a jamais vu un sixième battre un troisième.

La veine sur la tempe de Fabrice se met à gonfler au point qu'on a l'impression qu'elle va exploser. Medi lui donne le coup de grâce :

– Y a ceux qui parlent et ceux qui agissent... Toi, tu parles beaucoup !

Ni une ni deux, Fabrice l'attrape par le col :

– Tu me prends pour un mytho ? Eh ben, tu vas voir. Je vais m'en occuper de votre Djibril. Et après ce sera votre tour de prendre une fessée, sales morveux !

À ce moment-là, M. Barcelot intervient :

– Fabrice ! Lâche ton camarade. Je te rappelle que tu as signé un contrat de bonne conduite...

– Vous inquiétez pas, monsieur, prétend-il en pinçant la joue de mon pote. On était simplement en train de jouer.

– Ce n'est pas le moment de s'amuser, on rentre en classe.

Même si Fabrice le gorille est plus vieux que nous, on va lui montrer qu'on sait faire les grimaces les plus moches. D'ailleurs, notre plan se déroule comme sur des roulettes : à la récré suivante, le

Trognon provoque Djibril. La rumeur se répand comme une traînée de poudre et tout le collège n'a plus que ça à la bouche : « Demain 16 h 30, derrière le gymnase. Fabrice contre Djibril. »

VICTOIRE !

D'habitude, je rentre du collège avec Medi et Maya. Mais cette fois, Jeanne a accepté de faire le chemin jusqu'à la cité avec nous. Quand Bounégueux s'incruste et que personne ne dit rien, je suis bien obligé de me faire une raison. Alors qu'ils mangent tous leur goûter, Maya explose de rire :

– Quel pigeon, ce mec, en vérité !

– J'espère que Djibril va lui refaire le portrait, ajoute Medi.

Si Fabrice perd son combat, il sera humilié et, à coup sûr, il arrêtera d'embêter Medi. Djibril va forcément le ratatiner. Pendant qu'ils débattent sur le sujet, je secoue ma fichue dent qui résiste encore. Merde, ça fait un mal de chien ! Désolé, aux grands maux, les gros mots.

Tous mes potes sont rentrés chez eux et je me retrouve à attendre l'ascenseur avec le Nouveau en bas de notre bâtiment. Je le fixe intensément et lui lance :

– OK, le Nouveau ! Je sais pas par quel sortilège t'as réussi, mais t'as fait tes preuves... T'es presque de la bande. Sauf que si tu veux vraiment devenir un membre de mon équipe, faut que tu fasses un truc pour moi. Mets-moi un coup de poing, de ce côté-là du menton.

Il secoue la tête et lève les yeux au ciel.

– Tu veux juste que je fasse sauter ta dent de lait, c'est ça ? Oublie !

Il est perspicace, le Bounégue, mais j'ai plus d'un tour dans mon sac. Quand on entre dans l'ascenseur, j'insiste :

– Les potes s'entraident, le Nouveau. Tu veux être mon ami ou pas ?

– Les amis ne se mettent pas des coups dans la figure, Erwan. À demain…

La cabine s'ouvre : le Nouveau me tourne le dos et me plante là. Le lâche ! Comme d'habitude, je vais devoir me débrouiller seul.

Il n'y a personne à la maison. Papa doit-être au PMU, à « claquer l'argent qu'on n'a pas », comme dit Maman. Et cette dernière a sans doute été chercher ma sœur et mon frère à l'école. Je m'enferme dans la salle de bain. La bouche ouverte face au miroir, je vois bien que la dent est encore accrochée par un filet de chair. Je fouille dans l'armoire à pharmacie et y trouve du fil dentaire. Eh ben voilà !

Tant bien que mal, je parviens à enrouler le fil autour de ma molaire. J'attache l'extrémité à la poignée du meuble au-dessus du lavabo. Vous avez jamais vu cette technique dans les dessins animés ? Je prends une grande inspiration. Je ferme les yeux et… je pousse la porte d'un coup sec ! La dent s'envole hors de ma bouche. Malgré mon hurlement de douleur, j'entends ma précieuse quenotte rouler dans la vasque… et la vois disparaître.

Mais… mais… mais non !! Noooon ! C'est pas juste. Comme je n'ai pas mis le bouchon, elle a disparu dans le siphon. Non ! Noooon ! NOOOOON ! Malédiction ! Je trifouille encore et encore et encore le trou sans parvenir à récupérer mon foutu trésor…

J'entends une clé déverrouiller la serrure de l'appartement. Maman vient de rentrer avec Doriana et Clément. Comment je vais lui avouer que la petite souris ne passera pas parce que j'ai encore été trop maladroit ? Je tente de trouver une solution, mais je n'ai que onze ans, je ne suis qu'en sixième. Alors, quand Maman cogne à la porte avant de rentrer dans la salle de bain, je m'effondre. Je n'arrive pas à retenir mes larmes. En voyant le sang que j'ai foutu partout, elle s'imagine que je suis en train de mourir :

– Erwan ! Erwan ! Maman est là. Tu es blessé où, mon chéri ?

Elle est tout affolée. J'aime pas quand Maman a peur pour moi, alors, entre deux gémissements, je réussis à placer :

– Maman, j'suis désolé. Pardon ! J'suis pas blessé mais j'ai fait tomber ma dent dans le trou.

Ses traits s'apaisent. Elle me prend dans ses bras pendant que mes larmes se remettent à couler.

– Mon amour, c'est pas grave… Si tu vas bien, tout va bien.

– Mais Maman, tu dis toujours qu'il y a pas de petites économies ! Et moi je comptais garder une partie des sous de la petite souris pour faire qu'on soit plus pauvres. Et maintenant, elle viendra plus…

Elle pose sa paume contre ma joue. Avec le pouce, elle essuie une larme. Et puis elle m'embrasse à la commissure des yeux, là où se situe l'origine des chagrins.

– Mon chéri, ton père et moi, on n'est pas pauvres. On vous a, Doriana, Clément et toi. Vous êtes nos trésors. Tu sais quoi ? Ta dent, elle n'est pas perdue. Je vais démonter le siphon et la retrouver. Mais tu dois me promettre d'arrêter de pleurer.

J'écoute les conseils de Maman et sèche mes larmes. Pour la première fois depuis longtemps, je fais même mes devoirs. Quand je les termine, je sais qu'il est 19 heures car j'entends Ismaël, le fils des voisins, jouer de la flûte. À table, je finis toute mon assiette sans rappeler à Maman que je n'aime pas les choux de Bruxelles. Je n'engueule même pas Doriana quand elle fouine dans ma caisse à jouets au lieu de dormir et empêche Clément de trouver le sommeil. Je tire juste le drap sous mon nez et je fais une prière :

– Mon Dieu, cette année, j'ai été très sage. Vous pouvez demander au Père Noël. Faites que ma mère retrouve ma dent et suppliez la petite souris de passer cette nuit. Au nom de Jésus Crie... de j'sais plus qui... et de j'sais pas quoi... euh... désolé... Amen!

Eh ben, devinez quoi? La petite souris est passée pendant la nuit! Et elle m'a lâché un billet. Pas une pièce, mais un billet. C'est fou, non? J'suis tellement content que je fonce direct dans la chambre des parents :

– Maman! Papa! La petite souris... La petite souris, elle est venue. Regardez ce qu'elle m'a donné. Un billet!

Je me jette sur leur lit, fou de joie. Le vieux se frotte les yeux et tourne la tête vers son réveil.

– Erwan, tu t'es levé trente minutes trop tôt. Tu veux pas aller te recoucher?

Je suis trop excité pour ça. Maman me prend dans ses bras et elle m'embrasse le front :

– Tu vas acheter quoi avec tout cet argent ?

– Des bonbons ! Mais je veux aussi mettre une partie de la somme de côté ! Ce billet, c'est le début de la fortune, Maman ! Et comme ça, plus tard, je t'offrirai les bijoux de la vitrine que tu regardes quand on rentre des courses.

La daronne me serre encore plus fort contre elle et dit :

– Mon petit cœur, tout cet argent est pour toi. Fais-en ce que tu veux… Nous, on n'a besoin de rien.

Ça se voit qu'elle est heureuse pour moi parce qu'elle se lève puis nous prépare un magnifique petit déjeuner. Y a des œufs, du pain perdu, des pancakes avec du sirop d'érable. C'est pas un truc de dingue ?! Le Barbu, là-haut, il a non seulement écouté mes prières, mais en plus il a mis une cerise sur mon gâteau. D'la bombe !!

Juste après, je fonce chez Maya. Je sonne au moins dix fois avant qu'elle sorte – et après, elle dit que c'est toujours moi qui suis en retard.

– T'es tombé du lit ? elle me charrie.

Je ne vais pas cracher le morceau maintenant. Tout vient à point… Bref ! J'sais plus la suite. On retrouve Medi au pied de son immeuble, puis Jeanne au bord de la route départementale. Comme de par hasard,

Bounégueux nous rejoint en chemin. Maintenant que la bande est réunie, c'est le bon moment. Je sors fièrement mon billet de dix de ma poche. Medi est le premier à réagir :

– Où est-ce que t'as trouvé ça, mec ?

Je ricane avant de leur montrer le trou dans ma gencive.

– À ton avis, mon pote ?! Vous faites moins les malins, maintenant, hein ? Bon ! J'vous en veux pas. Ce soir après la bagarre entre Fabrice et Djibril, j'vous offre ma tournée de bonbecs.

C'est qui le boss ?! Quand on débarque au bahut et que j'exhibe mon billet tout rose, je deviens… comment dire ? Une star. Une vedette. Tout le monde veut vérifier la couleur de ma fortune. Et à chaque fois que je raconte comment j'ai lutté contre la douleur et contre le mauvais sort pour arracher cet argent à la petite souris, mes camarades de classe me portent en héros. Y a bien que Fabrice pour encore se payer ma tête.

– T'es vraiment trop débile ! En plus, c'est que dix euros. C'est que dalle, couillon !

Il a les glandes, ça se voit. Lui, il peut bien perdre d'un coup tous ses chicots, la petite souris lui apportera même pas un dentier. En plus, c'est clair qu'il est pas dans son assiette. À part moi, il a encore insulté personne et il a pas bousculé Medi avant que le prof d'anglais vienne nous chercher. Il se la raconte moins, Fabrice Trognon. À 16 h 30, son heure va sonner.

Il est tellement fébrile qu'il délaisse pour une fois la chaise près du radiateur pour se planquer au milieu de la classe. Bounégueux s'assoit à côté de moi au dernier rang. Il doit certainement être impressionné par le beau billet coincé sous ma trousse.

Je ne veux pas me la raconter, mais tout au long de la journée, tout le monde a parlé de moi et des bonbecs que j'ai promis d'acheter à la sortie des cours. Des élèves d'autres classes sont même venus me causer pendant les récrés. Je comprends un peu mieux pourquoi les gens pleins de thune se la pètent. Moi, j'ai décidé que je changerais pas. « Je s'rai toujours *real* », comme disent les rappeurs.

Il est 16 heures. Dans quelques minutes, on sera libérés de notre cours d'histoire. On ira d'abord assister à la déculottée de Fabrice. Puis on ira fêter sa défaite autour de quelques paquets de bonbons. J'ai du mal à tenir en place. Seulement… le billet qui était sous ma trousse a disparu ! Je fouille à l'intérieur et je regarde sous la table. RIEN ! Il a disparu. Ni une ni deux, je lance à Bounégueux :

– C'est pas marrant, mec. Rends-le-moi !

BOUNÉGUEUX

16 H 30, DERRIÈRE LE GYMNASE

Décidément, le Erwan, il doit être bipolaire. Toute la journée, on a été potes… et là, d'un coup, il m'agresse.

Je pige rien à ce qu'il me raconte :

– Te rendre quoi ?

– Ah ouais, c'est comme ça ? Tu penses pouvoir m'arnaquer ?

Sans prévenir et sans raison, il me met une tarte qui m'envoie valdinguer hors de ma chaise. S'il croit que je vais me laisser faire… Alors qu'il veut se jeter sur moi, je lui balance un coup de pied dans le ventre. Seulement, ça ne lui remet pas les idées en place. En un éclair, je me relève et il reçoit mon coup de poing en pleine figure. Il a du répondant, mais contrairement à ce qu'il doit croire, je n'en suis pas à ma première baston. Je pensais prendre l'ascendant, mais il me plonge dessus. Il est plus costaud que j'imaginais, le gros. Parfois, il faut se fier aux apparences. On se retrouve à se chevaucher l'un l'autre jusqu'à ce que le prof parvienne à nous séparer. La classe est chaude comme la braise. Sans compter les points, M. Benisti – un prof de la vieille école – nous envoie au coin en ne manquant pas de nous gronder comme si on était des élèves de primaire. J'ai encore plus les nerfs quand Erwan me sort :

– Le Nouveau, je vais te montrer que les méchants perdent toujours à la fin. Si tu me rends pas mon argent, rendez-vous à 16 h 30 derrière le gymnase !

– J'ai pas ton billet !! Mais tu vas voir ta tête à 16 h 30 ! Et arrête de m'appeler comme ça. J'vais t'apprendre à prononcer mon nom !

Le prof se met à nouveau en pétard et nous ordonne de nous taire. Face au mur, je ronge mon frein et mes poings réclament justice. Erwan est à l'autre bout de la salle, les mains dans les poches… je ne sais pas qui lui a piqué son argent, mais je refuse d'être accusé injustement uniquement parce qu'à ses yeux, je suis le Nouveau, un étranger.

À la fin du cours, M. Benisti ne manque pas de mettre un mot dans notre carnet de correspondance.

Il nous rappelle que la violence ne résout jamais rien. Ça se voit qu'il a pas grandi dans une cité, le prof… Il continue son sermon : les guerres, elles éclatent toujours à cause de l'argent ; si on ne doit retenir qu'une chose de sa matière, c'est bien celle-là. Il conclut en nous menaçant :

– Si j'entends que vous vous êtes battus, vous aurez droit à trois heures de colle ! C'est compris ?

Erwan ne répond pas. Moi aussi, je me contente de baisser le menton. M. Benisti prend une voix plus calme en s'adressant à mon adversaire :

– Tu as perdu un billet de combien, jeune homme ?

– C'était un billet de dix, monsieur.

Il fouille dans son sac. Et en retire une coupure toute rose.

– Je crois que c'est ce billet. Je l'ai trouvé sous ta chaise.

Impossible ! Déjà, s'il l'a trouvé sous sa chaise, qu'est-ce que l'argent fout dans son sac ? Même Erwan le naïf n'y croit pas :

– Non, monsieur. C'est pas mon billet. Je le reconnaîtrais.

– Comment peux-tu le reconnaître ? Ce sont tous les mêmes.

– Merci quand même. Je peux y aller, maintenant ?

M. Benisti range son billet et nous laisse partir. En quittant le bahut, je sens bien qu'Erwan n'est plus aussi chaud pour en découdre. Mais pas question de se dérober, il n'avait qu'à pas me chercher !

Presque tout le collège est réuni derrière le gymnase. On leur avait promis un duel, ils en auront deux. Fabrice est plus pâle qu'un suppositoire et Djibril sue comme un cochon en s'échauffant. Quand les autres élèves me voient arriver, ils se mettent à gueuler : « Ils sont là ! Ça va pouvoir commencer. Baston ! Baston ! » Les hyènes ont décrété que mon affrontement serait la première partie du combat vedette – celui de Fabrice contre Djibril. Si on en est arrivés là, c'est uniquement par la faute de l'autre idiot. Pendant qu'Erwan retire son sac et sa veste, le public continue à nous chauffer.

– Tu vas lui mettre la misère, Erwan !!

– Te laisse pas faire, le Nouveau !

C'est là que Jeanne intervient :

– Erwan, t'as pas honte de vouloir te bagarrer pour de l'argent ? Si tu fais ça, je te promets que je te parle plus !! Et c'est pareil pour toi, Bounégueux.

Mon adversaire s'avance vers moi. Je vois bien qu'il est secoué par la remarque de Jeanne. Maya en rajoute une couche :

– Vous êtes sérieux ?! Ce matin, vous étiez potes, et là vous voulez vous étriper ? Allez-y ! Amusez la galerie… mais moi, je me casse.

Je marque un temps d'arrêt. Et si elle avait raison ? Après tout, Papa dit toujours que le lion n'a pas besoin de se battre pour prouver qu'il est le roi. Maya et Jeanne viennent de nous offrir une issue honorable et je vois bien qu'Erwan hésite.

– Elles n'ont pas tort…, dit-il en faisant un pas vers moi. Si c'est pas toi qui m'as volé mon argent, je te demande pardon… Bounégueux.

Pour la première fois, il m'appelle par mon prénom.

– Je te promets que je n'y suis pour rien. Si tu veux, je t'aiderai à trouver le coupable.

Et à la déception générale, on se serre la main et Medi nous checke pour sceller notre pacte de non-agression. Le public semble contrarié de ne pas pouvoir assister au premier bain de sang. Mais il reste encore un festin à venir. Enfin… oui… mais non.

Après les mots de Jeanne et Maya, Fabrice et Djibril concluent que le titre du « plus fort du collège » peut bien être partagé. Et voilà comment mon plan parfait est tombé à l'eau…

JEANNE

LA FLÛTE D'ISMAËL

Tous les jours dans mon quartier, il y a un air joué à la flûte. Un air chargé de fausses notes et de folie. Ceux qui ne sont pas du coin se demandent d'où peut provenir cette complainte. Ceux d'ici savent qu'une fenêtre du dixième étage de la tour sud est ouverte. Ismaël se tient debout et donne son concert. C'est un rituel qu'il exécute tous les soirs à la même heure. 19 heures ! Les enfants comprennent qu'il est temps de rentrer. Les moins jeunes abandonnent les murs qu'ils ont tenus toute la journée pour aller se restaurer dans le centre-ville : un kebab, des tacos, une pizza… Les parents rentrent du PMU ou du travail – enfin, ceux qui ont la chance comme les miens d'en avoir un, de boulot.

Ismaël, je le connais depuis que j'ai l'âge de saisir que même si on a deux bras et deux jambes, on n'a pas tous la même tête. De grande taille. Mal rasé. Mal coiffé. Ismaël a tout d'un gars banal de vingt ans, sauf qu'il ne sait toujours pas faire ses lacets et que sa réalité est atteinte de troubles qui ne lui rendent pas la vie facile. Toutes les cités ont leur Ismaël. Je crois que les constructeurs plantent d'abord un Ismaël et bâtissent les immeubles autour. Une cité ne serait pas vraiment une cité s'il n'y avait pas d'Ismaël.

Personne ne sait comment Ismaël est devenu Ismaël. Personne ne peut s'imaginer ce que la vie a fait de lui et ce qu'il fait de la sienne. Moi, j'ai ma petite idée. Quand il n'est pas enfermé entre les murs de sa chambre et qu'il n'est pas derrière sa fenêtre à souffler dans sa flûte, Ismaël erre dans les rues de la ville. Il choisit un passant au hasard et il le suit. Ça effraie les malheureux qui ne connaissent pas les habitudes de notre Ismaël. Souvent, ses proies accélèrent le pas avant de prendre leurs jambes à leur cou. Mais le semer est presque impossible. C'est pour cela que la police doit souvent intervenir. Il n'est pas rare de voir Ismaël menotté, en train de répéter en boucle : « C'est pas ma faute ! C'est pas ma faute ! »

Les parents d'Ismaël en ont marre que leur fils ne soit pas comme tous les jeunes de son âge – les mecs qui zonent dans les halls d'entrée, au pied des murs ou dans les cafés et les fast-foods. Ils refusent de le faire soigner dans un hôpital mais ne savent pas non plus ce qu'ils vont faire de lui. Un jour, j'ai même surpris son père lui crier dessus : « Je n'en peux plus de toi, Ismaël ! » Et Ismaël souriait sans rien dire, la tête baissée. Ça m'a rendue triste.

Il a bon cœur, Ismaël. Je le sais. Je le sens. Quand il sort dans le quartier, il distribue des bonbons aux enfants. Et il m'en donne plus qu'aux autres. J'adore les bonbecs ! Seulement, les grands trouvent ça louche, un grand dadais qui offre des sucreries à des mioches. Ils se moquent. Ils ont des mots méchants. Ils le singent… Ils disent que c'est un pédé. Moi, je ne savais pas ce que ça voulait vraiment dire. Alors j'ai demandé à ma mère :

– Maman, c'est quoi, un pédé ?

Elle a levé les yeux au ciel. Puis elle m'a pincé la joue en plantant ses yeux sévères dans les miens.

– Je ne veux plus jamais entendre ce mot dans ta bouche, Jeanne ! Une fille gentille et bien élevée ne prononce pas ces vilains mots. On n'est pas des sauvages !

Je crois qu'on a tous un Ismaël qui sommeille en nous. Maman aussi. Elle a le sang chaud et la colère froide. C'est toujours ce que Papa sort quand ils se disputent. Dans ces moments-là, elle lui répond qu'il ne la connaît pas. Mais qui connaît réellement Ismaël – qui se connaît vraiment ? Chaque quartier a son Ismaël. Chaque quartier a son fou.

Mon quartier ne porte pas le nom d'un Ismaël. Les cités perdues loin des lumières de la ville portent des noms de plantes, de célébrités, de héros. Comme si habiter la résidence Mozart, la cité des Argonautes ou des Cosmonautes, suffisait à métamorphoser les orties en roses. D'ailleurs, qui se souvient de la couleur d'origine de nos immeubles ? Papa dit que quelque part dans l'univers, il y a un cerveau persuadé qu'il suffit de passer un coup de pinceau sur les façades pour cacher la misère. Mais qu'il soit rose ou jaune, le béton reste toujours aussi froid. Malgré tout, je l'aime, mon quartier.

Les Argonautes, ce sont deux dizaines de tours qui se regardent le nombril. À l'époque, il paraît qu'il y avait un jardin verdoyant et un bassin public en son centre. Aujourd'hui, l'herbe a été recouverte de bitume et la pataugeoire est devenue un fossé dans lequel gisent des carcasses de voitures et de motos. Maman jure que lorsqu'elle était petite, c'était le plus bel endroit du monde, les Argonautes… avant que les habitants comme elle soient remplacés par des malheureux venus de pays dont elle ne connaît même pas les drapeaux. Et quand elle raconte sa vie d'avant, son regard se voile comme un ciel gris. Moi, je crois que Maman regarde encore le monde en noir et blanc et que la couleur lui donne le vertige. Elle conjugue toute sa vie au passé, mais ça, je me garderai bien de le lui dire. Après tout, je suis seulement en sixième, alors je parle au présent. Le futur viendra bien assez tôt. Pour le moment, les Argonautes, c'est tout ce que je connais, et la terre, elle, n'est pas bien grande quand on chausse du 33.

J'ai appris l'aventure des Argonautes dans les livres. C'est une histoire héritée de la mythologie grecque, je crois. Et comme pour les navigateurs héroïques qui ont aidé Jason à trouver la Toison d'or, ma vie est parfois une galère : grandir dans la cité, ce n'est pas toujours facile. Mais ça ne m'empêche pas d'être une vaillante Argonaute.

Au nord des tours, il y a un immense verger dans lequel on peut se goinfrer de poires, de pommes, de cerises, de prunes, de groseilles, de framboises et de mûres. De l'ouest à l'est en circulant par le sud, le quartier est ceinturé par un bois moins sauvage qu'un chat élevé au Whiskas. Et de l'autre côté du bois, en face de la cité des Cosmonautes, il y a un lac artificiel.

Maman m'a toujours interdit de m'y rendre en hiver. Elle ne veut pas que je traîne dehors, de peur que je devienne comme les autres, les « petits voyous mal éduqués », comme elle appelle les enfants du quartier. Je n'ai pas non plus le droit de rester avec eux après les cours. Alors tous les soirs, je dois faire faux bond à Maya, Medi, et surtout à Erwan.

En dessous de zéro, il arrive que l'eau se mette à geler. C'est mon maître de CM2 qui nous l'a appris, en sciences. Et par chez nous, il fait souvent très froid l'hiver, alors notre étang se transforme en patinoire. Quand ça arrive, les jeunes se mettent à chercher des cartons, des sacs plastique, des morceaux de polystyrène : tout ce qu'il faut pour fabriquer des luges de fortune.

On sait tous que c'est dangereux de faire les guignols au milieu du lac gelé… mais jouer avec le feu, il n'y a rien de plus drôle, non ? Ce n'est certainement pas Erwan qui dirait le contraire. Aujourd'hui, sur le chemin du retour après les cours, il lance :

– Celui qui vient pas au lac cet aprèm est une poule mouillée !

Erwan, il aime jouer les durs. Pourtant, c'est lui le plus naïf et le plus fragile d'entre nous. Au fond de moi, je prie pour que les autres se dérobent. Seulement, Bounégueux renchérit :

– Mieux ! On dit que celui qui ne se pointe pas… il n'est plus de la bande !

Erwan et Bounégueux, je crois que je préférais quand ils n'étaient pas complices. Après leur « presque » bagarre, il y a quelques semaines, ils sont devenus les meilleurs amis du monde. Erwan m'a avoué qu'il avait retrouvé le fameux billet de la discorde au fond de sa poche. Personne ne le lui avait volé. C'est notre petit secret. À présent qu'ils sont copains comme cochons, c'est à qui trouvera l'idée la plus stupide à mettre en œuvre… Il faut être aveugle pour ne pas comprendre qu'ils font les ânes juste pour plaire à Maya. Et comme elle a l'air de trouver ça drôle, il leur pousse des ailes et des oreilles de plus en plus velues et longues.

– On peut déjà éliminer Jeanne, alors ! décrète Erwan.

Ils explosent de rire, mais moi, je ne trouve pas ça marrant. Erwan, il se moque tout le temps de moi. J'aimerais lui dire :

« Tu peux bien rire de moi, j'pourrais faire pire que toi.

Alors prends garde à moi et fais gaffe à toi. »

Je pourrais lui cracher à la figure que les gros malabars n'ont de saveur que lorsqu'on en fait des bulles. Je pourrais aussi lui rappeler que les lourdauds du collège se moquent de lui parce que ses orteils dépassent de ses baskets et qu'il porte des vêtements au rabais, rapiécés-rafistolés. Mais je me retiens de lui balancer ces horreurs. En s'excusant à demi, Erwan enfonce le clou :

– Sérieux, on est tous au courant que ta mère est encore plus sur ton dos depuis... enfin, tu sais.

Il fait allusion à un épisode que je préférerais oublier...

L'été dernier, Medi et Maya ont sonné à mon interphone pour que je descende. J'ai demandé la permission à ma mère, qui s'est mise à hurler :

– Tu n'as pas d'autres amies que ces sauvageonnes ?!

Comme je n'avais pas raccroché l'appareil, Medi et Maya ont tout entendu. Je me suis sentie aussi honteuse que si j'avais lâché un pet bruyant en plein milieu de la classe. Bien entendu, je ne leur avais jamais avoué que Maman se méfie de ceux qui ne sont pas blancs comme neige. Elle dit tout le temps : « Ces gens-là sont forcément différents puisqu'ils sont étrangers ! » Moi, je ne trouve pas ça juste de dire du mal de ceux qu'on ne connaît pas... Ce n'est pas comme si Medi, Maya et les autres avaient eu leur mot à dire dans la grande loterie de la vie. Ils sont comme ils sont et ils sont mes amis. Malheureusement, depuis ce jour-là, mes amis savent que chez moi ne sera jamais chez eux. Parce que ma mère pense qu'ils ne sont nulle part chez eux, mes amis ne pourront jamais être entièrement mes amis… Un théorème digne de Thalès !

Erwan n'entre pas vraiment dans cette équation parce qu'il est un peu plus qu'un ami pour moi. Mais je ne l'avouerai jamais. Personne n'est parfait. Et parfait, Erwan ne l'est pas non plus. Il a un cou de girafe. Des pattes d'orang-outang. Une tignasse rousse de mouton mal tondu et un caractère de cochon. Je le connais depuis la maternelle et il n'a jamais fait l'unanimité. Il y a même une rumeur qui a couru sur lui. On dit qu'il aurait étranglé un chat… mais je suis sûre que c'est faux.

N'empêche qu'à cause de ce ragot, ou parce que même les enfants ne sont jamais complètement innocents, Erwan s'est traîné une réputation d'idiot pendant des années. Il était seul, à sa manière. Comme moi. Alors quand je me suis décidée à lui parler en CE2, il m'a répondu :

– Qu'est-ce que tu me veux, serpent à lunettes ?

Je ne me suis pas laissé démonter.

– J'ai des lunettes, mais je ne suis pas un serpent ! Je voulais t'inviter à mon anniversaire, monsieur le tueur de chat…

– Ah ouais ! Et pourquoi tu ferais ça ?

Je n'allais pas lui avouer que je n'avais pas d'amis et qu'il fallait bien quelqu'un pour me regarder souffler mes bougies. J'ai tenté une autre approche :

– T'as peur de venir, ou quoi ?

Après un moment de réflexion, il a demandé :

– Faut que je ramène un cadeau ?

– Non, t'es pas obligé.

Il a eu l'air satisfait par ma réponse.

Et le week-end suivant, sa mère l'a déposé à la maison. Enfin, « déposé », ce n'est pas tout à fait le bon terme : sa mère s'en est débarrassée comme on abandonne des encombrants, des soucis, une charge trop lourde à porter. Elle a sonné à la porte de l'appartement et s'est éloignée en le laissant patienter seul devant ma porte.

– Quel genre de personne peut larguer son gosse comme ça ?! ne s'est pas gêné de fulminer ma mère.

Erwan ne s'est pas plaint quand il s'est rendu compte qu'il était le seul convive. Il ne devait pas avoir l'habitude d'être invité à une fête. De toute façon, Maman ne voulait pas « engraisser les métèques », alors elle avait filtré mes invitations. Maya et Medi ont été éliminés d'office. Erwan, « lui », a des parents bretons…

J'avais réfléchi plusieurs jours durant au programme des festivités pour passer du bon temps avec mon seul convive, mais rien ne s'est passé comme prévu : Erwan a refusé de voir ma collection de Barbie et de jouer aux jeux de société. Le seul moment où il a lâché la manette de ma console a été pour dévorer une part de gâteau. Juste après, Maman a reçu un appel de la mère d'Erwan. Cette dernière lui demandait de bien vouloir « déposer » son fils au pied de son immeuble. Elle avait un empêchement… Décidément, j'avais beau me sentir seule, Erwan jouait dans la cour des grands solitaires.

– Pourquoi t'as pas le droit de venir avec nous ? demande Bounégueux, m'arrachant à mes souvenirs.

J'aurais dû leur dire la vérité. Après l'épisode de l'interphone, j'aurais dû être honnête. Maman ne m'a *jamais* donné l'autorisation de les fréquenter. Seulement, à présent que j'ai à peu près des amis, je ne veux pas les perdre. Risquer de me retrouver terriblement seule à nouveau. Au lieu de lui répondre, je me mets à fanfaronner :

– Je serai au lac avant toi !!

Être ado et être Icare, c'est la même chose. C'est notre prof de français qui nous a fait étudier ce mythe en classe l'autre jour. Quand on est ado, on a cessé d'être un enfant mais on n'est pas tout à fait un adulte non plus : comme Icare entre le ciel et la terre, on est entre deux âges. Rien d'autre ne compte que de se soustraire à l'autorité des parents. On s'extirpe tout juste de notre blanche chrysalide qu'on se sent capable de viser le soleil, quitte à se brûler les ailes.

Si ma mère était une figure mythologique, ce serait Déméter. Elle refuse que sa fille Perséphone passe sa vie dans les enfers. Et pour ma mère, l'enfer, c'est vraiment les autres. Maman… tout le monde dit du mal d'elle dans le quartier ; tout ça parce qu'une nuit où des jeunes faisaient ronronner leurs motos en bas de notre tour, elle a ouvert la fenêtre pour hurler : « Vous allez arrêter cette bamboula ?! »

Peut-être qu'ils ont raison. Peut-être que Maman n'est qu'une sale raciste. Qu'elle a la haine ou qu'elle est dingue. Peut-être qu'elle est une sorte d'Ismaël, à sa façon. Mais c'est ma mère et je sais que son cœur bat à plus de cent pulsations minute quand je ne suis pas à la maison à l'heure. Comme je suis fragile, elle a peur qu'il m'arrive malheur. Elle est comme le petit prince avec sa rose. Je le sais parce qu'au collège, on travaille sur une pièce inspirée du roman d'Antoine de Saint-Exupéry avec un comédien-écrivain que ma mère n'apprécie pas.

Mais la preuve qu'elle n'est pas le monstre qu'on prétend, c'est que Maman ouvre des livres le soir pour me raconter des histoires avant que je m'endorme. Jamais elle ne ferme les yeux avant d'être certaine que j'ai rejoint Morphée. Et puis elle dit toujours qu'elle « torche les fesses des vieux » pour que je n'aie jamais à le faire.

Comme aujourd'hui c'est mercredi, elle est au travail quand je rentre des cours. Elle rentrera vers 18 heures… En attendant son retour, je connais les consignes. Manger le plat qu'elle a laissé au-dessus du micro-ondes. Réviser mes leçons. Regarder la télé. Et… attendre… seule. Dans l'appartement vide. Comme une gentille fille. Aujourd'hui, je n'ai pas envie d'être une fille. Gentille. J'aimerais avoir la force de Medi. Moi, je crois que Perséphone était plus libre dans les enfers qu'auprès de sa mère… Alors je décide de quitter l'appartement, mes patins à glace suspendus à mon cou, et de rejoindre mes copains. En vrai, qu'est-ce que je risque ? J'ai déjeuné. J'ai fait mes devoirs. Je peux bien m'amuser un peu dehors avec les autres. Et puis, je serai de retour avant Maman. Et puis… et puis… et puis… je ne fais rien de mal. Et puis… et puis… et puis… si elle ne l'apprend jamais, ce sera comme si je n'avais jamais désobéi, non ? Si ? Et si… et si… Mon impatience me fait oublier à quel point les sentiers du « si » sont « si-nueux » et « si » souvent semés d'embûches.

Erwan et Medi sont déjà au point de rendez-vous. Medi n'en croit pas ses yeux quand il me voit débarquer :

– Jeanne ?! C'est bien toi ou c'est ton clone ?

Erwan s'approche de moi et me pince la joue. Je lui décoche aussitôt un coup de poing qui ricoche sur son épaule sans qu'il ne sourcille.

– Je confirme, c'est bien elle, dit-il en souriant.

– Je vous avais bien dit que j'allais venir !

Maya et Bounégueux ne tardent pas à nous rejoindre. Ce dernier tient des cartons en équilibre sur son crâne. Maya aussi a l'air surprise en constatant ma présence.

– Elle t'a donné l'autorisation ? Ta mère ?

Maya ne parle que quand ça lui chante, mais ça ne la gêne pas de poser trop de questions aux autres. C'est ça qui m'énerve chez elle – en plus du fait qu'elle aime plus les motos que les fringues. Je lui réponds en tournant autour du pot :

– Je dois rentrer pour 17 heures.

– C'est trop cool ! On va leur mettre la misère, à ces trois mecs.

Medi se marre.

– C'est vous qui avez déjà le seum. Regarde ta pote avec ses patins autour du cou. Elle croit qu'on est à Miami ? Jeanne, on va pas aux Jeux olympiques d'hiver, t'es au courant ?

– Déjà, à Miami, il n'y a pas de neige, je rétorque. Après, j'y peux rien si tu ne sais pas tenir sur des patins.

– Haaaan, elle t'a clashé ! clament à l'unisson les trois autres.

Tout le monde, sauf Bounégueux, se rappelle la fois où on est allés à la patinoire municipale avec la classe. Medi a passé le plus clair de son temps sur les fesses. Et quand il essayait de se relever, il devait se contorsionner comme un vulgaire cafard coincé sur le dos. Moi, mes parents m'ont inscrite à des cours de patinage dès que j'ai su marcher : je suis dans mon élément sur la glace.

Au moment de se mettre en route, on voit débarquer Ismaël. Il fait un froid de canard mais le drôle d'oiseau n'a ni manteau, ni bonnet, ni écharpe. Ses lacets sont encore défaits et son nez dégouline de morve. Il s'essuie la moustache du revers de la main avant de la plonger dans un sachet.

– Hé, les gamins ! Vous voulez des bonbons ? nous propose-t-il.

– Beurk !! grimace Erwan. Dégage avec ta morve sucrée, Ismaël !

Le pauvre baisse piteusement les yeux. Il porte une poignée de fraises Tagada à sa bouche avant de fourrer maladroitement son paquet dans la poche de son pantalon, qui est si court que ses chevilles sont à l'air. Il n'a pas mis de chaussettes… Quand les autres avancent sur le chemin menant vers le lac, je reste plantée devant Ismaël sans savoir quoi lui dire.

– Tu fous quoi, Jeanne ?! crie Maya.

Je tourne le dos à Ismaël. Et, alors que je rejoins les autres, il demande :

– Vous allez où, gamins ?

Cette fois, c'est Erwan qui fait volte-face. Même s'il fait plusieurs têtes de moins qu'Ismaël, il le menace du poing :

– T'as pas intérêt à nous suivre. T'as compris ?! Et puis referme ta braguette, merde !

Erwan, c'est mon amoureux secret. Maya, Bounégueux et Medi, ce sont mes amis. Ismaël, c'est juste le fou de la cité. Alors je ne bronche pas. Qu'est-ce que je peux faire d'autre ? Ismaël sourit comme quand on se fait humilier et qu'on ne trouve pas les mots pour répondre. Peut-être que ce sont les petites meurtrissures du quotidien qui font qu'Ismaël est devenu, jour après jour, un peu plus Ismaël. Il baisse encore une fois la tête avant de ressortir son sachet de bonbons. Il me demande :

– T'en veux un ?

– Allez ! ordonne Medi. On se casse !

En m'exécutant, je me dis que j'aurais dû attacher les lacets d'Ismaël avant de l'abandonner comme un pestiféré. C'est peut-être lui qui est malade, mais c'est moi qui me sens morveuse.

Je quitte la cité, avec les autres, direction les bois. Comme on s'en doutait, Ismaël nous file le train. Il ne cherche même pas à nous suivre en douce. Et toutes les deux minutes, il lance :

– Vous allez où, gamins ?

Au milieu de la forêt, Erwan ramasse une poignée de cailloux, décidé à ne pas laisser Ismaël s'incruster.

– À mon signal, vous courez !

– Tu vas faire quoi, avec ces cailloux ? je m'affole.

– T'inquiète !

Quand Erwan affirme qu'il ne faut pas s'inquiéter, eh bien c'est justement à ce moment-là que l'on doit rester sur ses gardes. Il se planque derrière un arbre et, quand Ismaël apparaît dans sa ligne de mire, il le bombarde.

– Courez ! hurle-t-il ensuite.

Les autres décampent, tandis que je reste coincée dans les starting-blocks. Erwan se met carrément à mitrailler le pauvre malheureux. L'un des projectiles heurte le front d'Ismaël qui se plie en deux, le visage dans la paume de ses mains. Erwan en profite pour cavaler à son tour. Et comme je suis tétanisée, il me crie :

– Jeanne ! Tu fous quoi ? On s'arrache !

Même si je ne sais pas trop pourquoi je m'enfuis, j'essaie de suivre son rythme. Les autres sont déjà loin. Quand je me pointe au lac, je suis toute ruisselante… le souffle court… le cœur affolé. J'avale deux bouffées de Ventoline en essayant de me calmer. Seulement, cet idiot d'Erwan, faut toujours qu'il l'ouvre :

– Hé, ma petite, mon plan a failli capoter à cause de toi.

Trop, c'est trop ! Je n'ai plus envie d'être une petite. Une gentille petite fille.

– Erwan ! Ça va pas ? Tu l'as blessé…

– N'importe quoi, je l'ai à peine touché.

– T'aimerais pas qu'on te traite comme ça au collège. Et puis, pourquoi il n'a pas le droit de venir avec nous ?

Erwan ne supporte pas qu'on lui dise qu'il a tort. Alors il devient plus bête encore :

– Oh ! Pardon... On aurait dû laisser ton amoureux squatter.

Comment lui dire que celui dont je suis amoureuse est bel et bien là... et qu'il est le plus stupide des garçons que je connaisse ? Mais que je l'aime quand même... malgré la part d'Ismaël en lui qu'il cherche à étouffer...

Mais Bounégueux et Medi me coupent l'herbe sous le pied. Ils ne sont pas venus là pour assister à notre dispute.

– Bon ! Ce qui est fait est fait.

Je n'ai plus le cœur à faire l'idiote sur la glace, mais Maya caresse mon épaule et m'adresse un sourire qui semble dire : « Laisse tomber. On ne pourra pas le changer, le Erwan. »

Bounégueux et Medi font la distribution des cartons et des plaques de polystyrène. Maya déchire des sacs-poubelle en plastique. Je m'approprie un morceau de carton, mais c'est juste pour m'asseoir dessus afin d'enfiler mes patins. Seulement, les quatre autres ne l'entendent pas de cette oreille. Selon eux, on s'éclatera plus en faisant une course de luges sur les collines qui entourent le bassin.

– Allez ! insiste Maya. On va se marrer, tu verras.

Erwan retire de sa poche un couteau et de la ficelle, puis, avec Medi, ils se mettent à confectionner des luges de fortune.

Il faut d'abord faire des trous dans les cartons et le polystyrène. Ensuite, placer le plastique entre le polystyrène et le carton et les relier solidement à l'aide des ficelles. Le plastique permet au carton de ne pas prendre l'eau trop vite. Enfin, sur les bords avant de la planche, on noue solidement la ficelle, qui doit nous permettre de diriger notre bolide. Ça prend du temps… beaucoup trop de temps. Je dois absolument rentrer à la maison avant Maman. Et comme la fabrication de leurs engins n'en finit pas, je lance :

– C'est pas tout ça, mais j'suis pas venue pour assister à un cours de techno. Alors, en attendant, j'vais faire un peu de patin.

Ils sont tous en train de poursuivre leurs travaux manuels quand je m'approche du lac. Je prends d'abord quelques précautions pour vérifier que la glace est bonne. Ça a l'air de tenir. Je lance un coup d'œil vers les autres. Je veux surtout savoir si Erwan m'observe. Mais il fait comme si je n'existais pas. Je suis dégoûtée.

Je prends de la vitesse, tout en équilibre. J'ai sûrement impressionné Medi, puisque je l'entends s'écrier :

– Eh ! Regardez, regardez !

En même temps, ce n'est pas difficile d'en mettre plein les yeux à quelqu'un qui, en dehors du bitume, ne tient pas sur ses guibolles… L'arabesque, c'est un peu plus compliqué : il faut glisser sur une jambe et tendre l'autre à quatre-vingt-dix degrés au-dessus du bassin. Je ne me loupe pas. Cette fois, Maya et Bounégueux me contemplent aussi. À voir leurs têtes, ils sont épatés. J'enchaîne avec un petit aigle, en écartant les jambes et en dessinant un cercle sur la surface. J'ai le temps de jeter un coup d'œil à mes amis, et cette fois Erwan me regarde… Ce dernier hurle un truc du genre :

– Jeanne, Jeanne ! Arrête !

Je sais très bien ce que je fais. Pour terminer en beauté, je dois réussir une figure que je n'ai jamais tentée auparavant : la royale. Je glisse sur une jambe en tenant l'autre pied en hauteur avec la main opposée.

Seulement, j'ai oublié le cours de français… Icare… Les ailes chauffées à blanc par le soleil.

Avant que je termine ma démonstration, une voix surgit quelque part sur l'une des collines qui bordent le lac :

– Gamine ! Gamine ! Bouge plus !

Je crois reconnaître la voix d'Ismaël. Son ombre se dessine entre les arbres. Je m'arrête net. Il nous a donc retrouvés… Et à présent, le fou de la cité se précipite vers moi, le visage abîmé. Je l'aime bien, Ismaël, mais là, il me fait peur à courir dans ma direction comme un forcené… comme un possédé. Au moment où j'essaye de m'enfuir, mes patins ne répondent pas. Tout ce que j'arrive à faire, c'est crier :

– Erwan ! Erwan !

Je hurle son prénom plutôt que d'appeler au secours. L'instant d'après, Ismaël me tombe dessus… J'ai froid, j'étouffe.

MAYA

C'EST QUOI CE CIRQUE ?

Je me sens mal. Tellement mal. Plus d'une semaine que j'essaye de penser à autre chose. On peut bien parcourir des kilomètres, impossible d'oublier que même le plus petit des cailloux dans une chaussure peut faire un mal de chien. Et moi, si je ne me sens pas bien dans mes baskets, c'est que je suis mal dans ma peau. Mal dans ma chair… Y a comme un marteau qui s'acharne dans mon crâne. Ça fait *GONG! GONG! GONG!* sans arrêt. Et je n'arrête pas de penser à ce petit mensonge de rien du tout qui m'empêche de manger, de dormir à poings fermés, de me réveiller insouciante. J'ai déjà fait plein de bêtises dans ma vie. Il m'est arrivé plusieurs fois de raconter des craques à Papa et à Maman. Je n'en suis pas bien fière. Mais ça ne m'a jamais empêchée de manger, de dormir à poings fermés, de me réveiller insouciante…

Il y a quelques années, j'ai voulu m'acheter le nouveau maillot du Liverpool FC. Purée ! Une merveille ! Tout rouge. Sans fioritures. Y avait même pas les étoiles autour de l'écusson du club pour rappeler que Liverpool avait remporté plusieurs fois la Ligue des champions. Pourquoi se la raconter quand on est les plus forts ? Le Bayern Munich et l'Olympique de Marseille ne peuvent pas en dire autant. Il me fallait ce maillot ! Seulement, je n'avais pas économisé assez. Après sept mois d'acharnement, j'étais parvenue à la somme de soixante-dix euros. Il me manquait encore cinquante euros. Une fortune pour une élève de primaire. Et j'aurais beau supplier, prétexter que, Liverpool était sans aucun doute la meilleure équipe de tous les temps, grâce à son jeu tourné vers l'attaque, un Sadio Mané au sommet de son art, ses deux complices de la ligne d'attaque qui effrayaient toutes les défenses, ses latéraux généreux, sa charnière centrale qui verrouillait les velléités adverses… Papa ne céderait pas à mon « caprice ». Même en prétendant que le rouge m'allait à ravir, inutile de compter sur le soutien de Maman. Elle déteste me voir dépenser des sous pour des « conneries ». Maman préférerait que je m'offre de jolies jupes roses, des colliers nacrés, des ballerines de poupée... des machins « *girly* », quoi ! Pour parvenir à mes fins, je n'ai pas eu d'autre choix que de ruser.

C'était un samedi. Je m'en souviens très bien parce que c'était shabbat, le seul jour de la semaine où Maman porte sa robe de toutes les couleurs. Papa se vante tout le temps d'avoir offert cette « robe des îles » à une princesse gitane et Maman se la raconte parce qu'elle arrive encore à rentrer dedans malgré une grossesse et le poids des années. Mes parents aiment se remémorer ce temps où ils se sont rencontrés, ce temps où je n'existais pas encore. Les parents de Maman viennent de Catalogne et ceux de Papa ont quitté leur « petit pays » au milieu des Caraïbes. C'est la France qui les a réunis, mes parents. La France, mon pays à moi. Ils aiment raconter qu'ils ont dû se battre pour que les autres acceptent que le Soleil et la Lune puissent parler d'amour. Impossible de savoir si c'est la vérité. J'ai étudié la préhistoire et il était pas question de Papa et Maman dans mes manuels.

Comme tous les samedis, Maman faisait chanter les miroirs et la maison sentait la javel, l'encens et les fumets qui font saliver.

Quand Maman est venue dans ma chambre pour faire le ménage, elle l'a trouvée sens dessus dessous. Au milieu de mon bazar, je m'étais composé une mine affreuse : cheveux hirsutes, regard hagard.

– Maya ! C'est quoi ce bazar ?!

Incroyable ! Même si c'était pour de faux, elle n'avait pas remarqué que j'étais au bord des larmes ? Alors je me suis concentrée et j'ai réussi à faire couler une larme, et puis une seconde, et une autre…

– Maya ? Qu'est-ce que tu as, Maya ?

En prenant une voix chevrotante, j'ai prétendu :

– Maman ! Maman, on a volé ma tirelire !

Ma mère, elle n'est pas née de la dernière pluie. Je peux mener mon père en bateau, mais Maman est insubmersible.

– C'est quoi encore, ces bêtises ? Des voleurs seraient venus dans notre maison, ils auraient laissé la télé, mes bijoux et les outils de ton père pour s'enfuir avec tes pièces ?

Puisque mes larmes ne pouvaient pas l'attendrir et qu'elle voulait à nouveau jouer les Sherlock Holmes, j'ai poursuivi, sûre de moi :

– Eh ben, elle est où, ma tirelire ? Ah ! Je sais… C'est toi qui me l'as prise, c'est ça ?

– Maya, calme-toi tout de suite ou c'est la punition ! On va la retrouver…

Assise tranquillement sur ma chaise de bureau, je l'ai regardée fouiller sur les étagères, dans la commode, dans l'armoire, sous le matelas, sous le lit... Même en parcourant les quatre coins de la chambre, aucune trace de mon trésor. Toute dégoulinante de ses investigations, elle m'a lancé, à bout de souffle :

– Maintenant, ça suffit ! Où l'as-tu planquée ?

Maman n'a jamais été du genre à lâcher l'affaire. Heureusement, Papa est arrivé dans ma piaule à ce moment-là et j'ai pu continuer mon cinéma.

– Papa ! On m'a volé ma tirelire et Maman ne veut pas me croire.

Il a cherché une explication en interrogeant sa femme du regard. Celle-ci lui a répondu par une moue qui suggérait que j'étais bien « sa fille ».

– Qu'est-ce que tu racontes ?

Si Papa a des yeux, c'est juste parce que j'en suis la prunelle. Mon père aime tellement ma mère qu'il s'est toujours sacrifié pour honorer le fruit de son ventre... tant pis si ma mère voit les choses autrement. Papa est vieux jeu. S'il travaille comme un damné, c'est pour qu'elle n'ait jamais à courber l'échine. S'il lui tient la porte, c'est parce qu'il n'oublie jamais qu'il est son obligé. S'il lui apporte le petit déjeuner au lit tous les dimanches, c'est parce qu'il veut sans cesse la reconquérir. Je ne comprends pas tout à fait son manège. Une chose est sûre : si Papa aime Maman, moi, il m'adore. C'est pour cette raison que je sais me jouer de lui :

– Tu veux plus me croire, Papa ?

Banco ! À son tour, il s'est mis à chercher l'arche perdue… en vain. Il aurait pu retourner la maison de fond en comble qu'il n'aurait jamais trouvé la fameuse tirelire. Normal ! Je l'avais enterrée dans le verger qui borde la cité des Argonautes. Après de longues minutes, mes parents ont finalement accepté l'atroce « vérité » : la tirelire avait bel et bien disparu. Et c'est de cette manière que le lundi suivant, je me suis pointée à l'école avec le maillot de Liverpool sur le dos. C'était vache, mais ça valait le coup, puisque j'ai fait plus d'un jaloux dans la cour.

***

Oui, j'ai déjà fait plein de bêtises dans ma vie. Mais cette fois, c'est différent… Ce vendredi matin-là, comme tous les jours de la semaine, Erwan sonne à ma porte. Je ramasse mon sac à dos alors que ma mère insiste :

– Tu n'as rien mangé, Maya !! Tu ne bougeras pas tant que tu n'auras pas avalé ton croissant.

– Je vais être en retard, Maman…

Chocolat chaud, viennoiseries, rien n'y fait : après quelques échanges, ma mère cède et me laisse partir.

Je prie pour qu'Erwan soit seul. J'ai l'intention de crever l'abcès ; lui dire qu'on a eu tort de mentir et qu'il est peut-être encore temps de rectifier notre erreur. Mais il est accompagné de Bounégueux. À les voir sourire comme si de rien n'était, on dirait qu'ils ne se rendent pas compte du drame que l'on a causé.

– On a failli attendre, lâche l'éternel retardataire.

Comment arrive-t-il encore à plaisanter ? En même temps, Erwan est un insouciant, voire un innocent. Avant, je pensais qu'il voulait juste se donner un genre. Mais s'il avait raison de refuser de grandir ?

Bounégueux me checke sans relever que je tire une tronche d'enterrement. Il a cessé d'être « le Nouveau », et maintenant notre petite troupe l'a définitivement adopté. Bounégueux a un cerveau qui fonctionne comme celui d'un personnage de *comics* ou de manga : il a toujours une idée géniale… qui se terminera forcément en eau de boudin.

Un exemple ?

Il y a un peu plus de quatre mois, il a concocté un plan pour venir en aide à Medi qui se faisait embêter par la brute de la classe, Fabrice. Si tout avait marché comme sur des roulettes, Fabrice nous aurait laissés tranquilles jusqu'à la fin du collège. Mais bien entendu, un grain de sable a fait dérailler l'engrenage. Conclusion : Bounégueux a failli se battre contre Erwan et il n'y a pas eu de baston entre Fabrice et Djibril. Depuis, Fabrice se déchaîne. C'est comme si on avait décuplé ses pouvoirs de nuisance, pour le plus grand malheur de Medi.

En parlant de ce dernier, il nous attend au pied de son immeuble.

– Vous êtes encore à la bourre ! J'comprends pas pourquoi vous faites un détour par chez Maya avant de venir me chercher.

C'est vrai, ça... Je ne me suis jamais fait la réflexion. Même si depuis la fenêtre de ma chambre, je peux voir celle de Bounégueux, et que mon jardin fait office de frontière avec la cité des Argonautes, j'habite un pavillon à l'ombre des tours. L'immeuble d'Erwan et de Bounégueux est planté à moins de cinquante mètres de celui de Medi. Et pourtant, tous les matins, ils se prennent la tête à zigzaguer dans les ruelles de mon quartier au lieu d'attendre que je les rejoigne dans la cité située entre ma maison et le collège. Erwan a soi-disant une explication valable :

– Tu connais la galanterie, Medi ? Tu crois qu'on va laisser une pauvre fille sans défense traverser la cité à l'heure où le loup peut surgir de nulle part ?

C'est juste n'importe quoi ! Il est peut-être aussi crédule qu'un pigeon, mais ce n'est pas une raison pour nous prendre pour des buses. Medi ne manque pas de soulever la bêtise de ses propos :

– Déjà, Maya, elle est pas pauvre. Elle vit dans une maison, frère. Ensuite, c'est plutôt le loup, une espèce en voie de disparition, qu'il faudrait protéger s'il s'attaquait à elle.

Bounégueux en rajoute une couche :

– C'est vrai, ça ! Même au foot, nos protège-tibias ne suffisent pas, vu que tu préfères nous mettre des tacles à la gorge.

Ça suffit ! Ils commencent à me taper sur les nerfs à chercher à me faire passer pour une greluche, une brute ou une ennemie de la cause animale. D'habitude, je me marrerais avec eux, mais cette fois, j'ai le rire dans les chaussettes.

– Bon ! On va pas s'arrêter toutes les minutes pour écouter vos vannes à la noix ! À force, on va être en retard.

Ils ne mouftent pas. Je crois qu'ils ont compris que je ne suis pas dans mon assiette. Ils me tapent sur le système à faire comme si le groupe était au complet… Comme si notre mésaventure de la semaine dernière était de l'histoire ancienne, oubliée au fond du lac de la cité. Et Jeanne ? Et Ismaël ? Ils comptent pour du beurre ?

On arrive devant la route nationale en gardant le silence. Puis on emprunte le sentier qui serpente au milieu du terrain vague. Depuis le début de la semaine, un cirque s'est installé dans ce *no man's land*, comme on dirait dans les films. Y a un énorme chapiteau jaune et rouge dressé sur le côté droit du chemin, tout autour duquel des animaux sont en cage ou attachés. Des félins plus dociles que des chachats à leur mémère. Des lamas lamentables. Un éléphant moins mastoc qu'une souris dans un magasin de porcelaine. Et un poney. Mince ! Je dois bien avouer qu'il est magnifique, ce poney. Noir de jais et crinière luxuriante. Devant toutes ces bêtes, Erwan retombe dans l'enfance qu'il n'a pas encore vraiment quittée :

– Eh ! Regardez, regardez ! Y a une Autriche !

Bounégueux ne peut s'empêcher de rectifier :

– C'est une autruche, pas une Autriche, mec !

– Ouais ! C'est ce que je voulais dire. Les gars, ce serait cool si on pouvait assister à son numéro, samedi.

Quand il parle, il a des étoiles plein les yeux. C'est comme ça que Medi et moi, on pige qu'il n'a jamais été au cirque. Pour un cerveau, Bounégueux manque de jugeote, puisqu'il lance :

– Carrément ! Faut qu'on réserve vite des billets si on veut les meilleures places !

Erwan ne pourra pas s'en payer, c'est une certitude. Alors je ne suis pas surprise quand Medi nous sort :

– Ce serait plus marrant de rentrer dans le cirque en douce.

J'en ai marre de tout ce cinéma, alors les mots grondent et tonnent hors de moi :

– Le cirque ? C'est pour les clowns !! Vous êtes des clowns ou quoi ?

– C'est pas la peine de nous gâcher le plaisir si tu veux pas venir, réplique Erwan.

Je déteste le cirque. Le chapiteau sent la moisissure et les bêtes puent la captivité. Les voltigeurs sont ridicules et les clowns font flipper. Et puis, je suis frileuse, alors le cirque en plein hiver, c'est sans moi. Quand je m'apprête à avancer de nouveaux arguments pour dissuader les mecs de commettre une autre bêtise, Bounégueux pond encore un plan dont il a le secret.

– On pourrait se pointer la nuit ! On peut creuser un tunnel sous les gradins…

Medi et Erwan surenchérissent comme si personne n'avait retenu la leçon de mercredi dernier. Celui qui m'énerve le plus, c'est Erwan. On sait tous que Jeanne est amoureuse de lui, mais il agit comme si elle n'avait jamais existé.

On arrive enfin devant les grilles du collège. Les gars ne disent plus un mot. Et comme des suricates, ils se sont mis en mode vigie. Deux yeux par-ci, une tête tordue à gauche, un cou entortillé à droite… Fabrice pourrait surgir de n'importe où. Il ne manque jamais une occasion de mettre un coup en traître à Medi ou de cracher son poison pour l'intimider. Medi est peut-être une brindille, plus Steve Rogers que Captain America, mais il est courageux et il a du répondant. N'empêche, je suis plus tranquille quand Fabrice ne traîne pas dans les parages. Et heureusement, aujourd'hui, il doit certainement être occupé à torturer quelqu'un d'autre. Je suis soulagée, jusqu'à ce que, finalement, je l'aperçoive dans la cour. Il a la joue violette et toute gonflée.

À la sonnerie, Mme Aslanian vient nous récupérer. Elle est à nouveau accompagnée de M. N'Sondé, l'auteur qui dirige les ateliers d'écriture avec notre classe. On travaille sur l'adaptation théâtrale du *Petit Prince.* Ce n'est pas toujours facile, mais on adore ces séances, surtout Medi. Je le connais depuis la maternelle, et jamais je ne l'ai vu si concentré et impliqué. À tel point que Wilfried N'Sondé lui a offert le premier rôle dans la pièce que l'on doit jouer en public au mois de juin, au théâtre municipal. Bien entendu, Fabrice ne loupe pas une occasion de lancer des remarques vénéneuses :

– J'avais pas capté qu'on allait jouer *Ali-Baba et les quarante voleurs*. On est mal barrés si c'est lui qui doit être le petit prince. Ça va clairement pas être des vacances avec Club Medina…

Wilfried N'Sondé, qui n'en perd jamais une miette, intervient fermement :

– C'est toujours plus facile de parier sur la défaite des autres plutôt que de les aider à réussir. Si vous voulez que ce spectacle soit un succès, il va vous falloir apprendre à travailler en équipe. Et quand on est une équipe, on doit veiller les uns sur les autres. On avance ensemble et si on doit tomber, on le fait ensemble, monsieur Trognon !

En faisant la leçon à Fabrice, l'écrivain ne se doute pas qu'il pointe du doigt l'erreur qu'on a commise une semaine plus tôt, mes amis et moi. Par réflexe, Bounégueux et moi échangeons un regard. Je crois qu'il se rend enfin compte de la portée de nos actes.

J'ai passé la journée entière à ressasser les paroles de Wilfried N'Sondé. Alors, à la sortie des cours, sur le chemin de la maison, je décide d'aborder le sujet qui fâche :

– Les mecs, on a laissé tomber Jeanne…

Ils arrêtent immédiatement de chahuter et se mettent à m'écouter. Si Jeanne nous a accompagnés mercredi, c'est parce qu'on lui a forcé la main. S'il y a eu cet incident, c'est parce qu'on n'a pas su la protéger.

– Il est encore temps de se rattraper.

Aucun des trois n'ose croiser mon regard.

– Et qu'est-ce que tu comptes faire ? me demande Medi.

Ma réponse ne va pas leur plaire :

– Je vais me rendre chez sa mère, maintenant…

Je ne sais pas s'il cherche à se dérober ou s'il veut me protéger, mais Medi essaye de m'en dissuader :

– Tu sais très bien ce que sa mère pense de nous. Elle t'ouvrira même pas la porte. Et si elle le fait, ce sera pour te hurler dessus.

– J'irai avec toi, annonce Bounégueux.

– Et vous allez lui dire quoi ? réplique Erwan.

– La vérité !

– Et si elle nous demande des sous pour nous racheter ?

– Dis pas n'importe quoi ! On était bien contents de faire les oufs tous ensemble. Maintenant, faut assumer.

J'arrive à convaincre Medi. À ma grande déception, Erwan reste inflexible.

– Vous êtes sérieux, là ?! Moi, je sais exactement ce qui s'est passé. Ça vous regarde si on n'a pas vu la même chose.

À ces mots, il nous abandonne au pied du bâtiment de Jeanne. Je sonde Medi et Bounégueux pour m'assurer qu'ils ne vont pas se dérober. Moi-même, j'ai les mains moites au moment de presser le bouton de l'interphone. Après ce qui me semble une éternité, une voix répond :

– Oui ?

C'est le père de Jeanne. Avec un peu de chance, sa mère est au travail.

– Bonjour, monsieur… Euh… Nous sommes les amis de Jeanne… Est-ce qu'on pourrait vous parler ?

La porte de l'immeuble se déverrouille. On monte dans l'ascenseur en silence. J'ai la frousse, mais désormais, il est trop tard pour reculer. L'appareil nous libère au cinquième étage. La porte de l'appartement est fermée, mais depuis le palier, on entend bien qu'un homme et une femme sont en train de se disputer. Dans une cité, l'intimité est aussi discrète qu'une girafe dans une cage à poules…

J'hésite à sonner. Alors que je m'apprête à tourner les talons, on nous ouvre. Le père de Jeanne nous invite à entrer. Mais à voir les éclairs dans les yeux de sa femme, ce n'est pas un tapis rouge qu'elle souhaite nous dérouler. Je sens bien qu'elle est sur le point de nous crier dessus, mais une silhouette se fraye une place entre les deux adultes. Un fantôme ? Non, c'est Jeanne ! Je pensais qu'elle était encore à l'hôpital.

– C'est bon, Maman !! Ce sont mes amis.

Elle flotte dans son pyjama et son teint est plus pâle que du lait caillé, mais elle tient quand même tête à sa mère – jamais je ne l'aurais imaginée capable de l'affronter.

Sa daronne ravale sa colère et s'enferme dans le salon. Je me jette sur Jeanne. Je la serre comme un doudou qu'une gosse aurait cru perdre. Je manque de pleurer, pour de vrai. J'ai des copains, mais je n'ai qu'une seule amie de toujours : Jeanne. Si je n'arrive plus à manger, à dormir à poings fermés, à me réveiller insouciante, c'est parce que j'ai eu peur de ne plus jamais la revoir.

– Tu m'étrangles, Maya…, dit-elle en riant. Tu veux me tuer pour de bon, c'est ça ?

Je ne trouve pas ça drôle. Je la relâche en essuyant une perle qui voulait s'échapper de mes paupières. Je l'inspecte de la tête aux pieds, histoire de m'assurer qu'elle est bel et bien vivante.

– Salut, les gars ! dit-elle aux garçons.

Je sens bien qu'elle se retient de demander pourquoi Erwan n'est pas avec nous. Mais Jeanne n'est pas du genre à piailler ce qu'elle a dans le cœur. Comme si de rien n'était, elle nous invite à la suivre dans sa chambre.

La chambre de Jeanne est… euh… comment dire ? Disons que si Barbie avait une chambre en vrai… voilà ! Mon amie s'assoit sur son lit en nous souriant. Je n'arrive pas à affronter son regard.

– Quand est-ce que t'es sortie de l'hosto ? lui demande Medi.

– Mardi. Je ne pourrai retourner à l'école que lundi. Mais pourquoi vous tirez ces têtes ? On n'est pas à mon enterrement…

Je prends une grande inspiration, et puis je me jette à l'eau :

– De base, on venait présenter nos excuses à tes parents.

– Vos excuses pour quoi ? Papa m'a raconté comment vous m'avez sauvée d'Ismaël et de la noyade.

– Jeanne… Tu ne te rappelles pas ?

À voir comme elle fronce les sourcils, c'est évident qu'elle a manqué un épisode. Bounégueux interroge fébrilement :

– Tu te souviens que tu étais au milieu du lac quand Ismaël a couru vers toi ?

– Oui, c'est à cause de lui que la glace s'est rompue. Il voulait m'attaquer.

– Non ! Ça, c'est ce qu'on a affirmé à tes parents… aux secouristes… et à la police.

Elle reste muette. J'ai honte de moi, mais on lui doit la vérité. Alors je rassemble le peu de courage qu'il me reste et je lui avoue :

– Pendant que les garçons et moi, on finissait de fabriquer nos luges, tu as décidé de patiner seule sur le lac.

Medi m'interrompt :

– À peine tu as commencé à glisser sur le lac que j'ai remarqué des fissures à la surface. J'ai crié aux autres de regarder.

Je me souviens très bien de la scène : la glace commençait à se rompre depuis le centre du bassin. J'étais tellement affolée que je n'arrivais même plus à respirer…

Bounégueux poursuit :

– Erwan a tenté de te prévenir. Il t'a suppliée de ne plus bouger. Mais tu ne l'entendais pas, je crois.

– Et puis Ismaël est sorti de nulle part. Ensuite, tout s'est passé très vite. Il a dû voir l'état de la glace et a foncé dans ta direction… et à ce moment-là, tu as disparu. Et, et…

Je suis incapable de continuer. Medi prend le relais :

– Bounégueux et moi, on a plaqué au sol Erwan qui voulait intervenir. C'était impossible de te sauver sans qu'on se noie aussi.

– On aurait dit que le temps s'était arrêté, reprend Bounégueux. Ismaël et toi êtes restés coincés sous la surface pendant super longtemps. C'était horrible.

Si c'est possible, Jeanne est encore plus pâle qu'avant. Je passe mon bras autour de ses épaules et la rassure :

– Heureusement, vous êtes réapparus. On y croyait plus. Ismaël t'a traînée jusqu'à la rive, inconsciente, et il s'est enfui. Enfin, c'est ce qu'on a cru. En réalité, il est allé chercher les secours. Quand les pompiers sont arrivés, on a prétendu qu'Ismaël nous avait pourchassés et qu'en se jetant sur toi, il avait provoqué ton accident…

– Mais… pourquoi vous avez menti ?

J'ai tellement honte que je n'arrive pas à soutenir son regard.

– C'est de ma faute, reprend Medi. J'avais peur que tu te fasses disputer.

Je ne peux pas laisser mon ami assumer tout seul :

– Depuis le début, on sait que tu n'avais pas eu l'autorisation de nous suivre au lac. Et puis, on ne voulait pas, surtout moi, que ta mère t'interdise pour toujours de traîner avec nous. On pensait que si on accusait Ismaël, tout le monde serait plus clément, parce qu'il est… fou. Enfin, tu comprends ?

Mais tu as été transportée aux urgences sans qu'on n'ait de nouvelles ; et Ismaël a été enfermé chez les dingues depuis. Tout ça à cause de ce mensonge...

Maintenant que Jeanne est au parfum, je me dis qu'il ne nous reste plus qu'à tout avouer aux adultes, en commençant par ses parents. Seulement, ma copine me retient :

– On ne peut pas revenir en arrière. Et ce n'est pas de votre faute. J'ai décidé toute seule d'aller sur le lac et de faire mon intéressante avec mes patins à glace.

Jeanne a clairement peur que ses parents l'éloignent encore plus de nous s'ils apprennent la vérité. Mais notre amitié a fait une victime.

– Et pour Ismaël ?

– Je suis certaine qu'Ismaël sera bien mieux partout ailleurs que dans la cité et chez lui. Et puis...

On sursaute tous quand la porte de la chambre s'ouvre violemment. C'est la maman de Jeanne. Elle tire encore une tronche qui montre bien qu'on est des intrus sous son toit et que plus tôt on déguerpira, mieux elle se portera :

– Il faut que tu prennes tes médicaments, Jeanne !

C'est le moment ou jamais de faire notre confession. Je fixe mon amie pour avoir son approbation, mais Jeanne secoue discrètement la tête, alors je cède.

Quand on la quitte et qu'on se retrouve au milieu de la cité, je prie pour que la décision de garder le silence soit la bonne.

– Au moins, déclare Bounégueux, on aura essayé. Et puis, on devrait être contents, elle a l'air d'aller bien…

Puisque tout est dit, on se sépare. Ça me fait tout drôle de savoir qu'il va bientôt être 19 heures, mais que plus personne ne jouera de la flûte derrière une fenêtre grande ouverte. Ce qui est fait est fait. Maintenant, il faut que j'arrive à laisser cette histoire derrière moi…

Ce soir-là, je mange convenablement. Je dors à poings fermés jusqu'au lendemain.

Samedi, c'est mon jour préféré. Comme d'habitude, je suis la première réveillée. Je me brosse les dents, me débarbouille le visage, avale mon bol de céréales et fonce tirer mon père de son lit. Je lui ai fait couler un café. Le samedi matin, c'est notre moment à nous deux. Un père et sa fille. On est unis par le sang et par la chair, comme on dit dans les livres.

Souvent, d'ailleurs, la chair est un livre ouvert. Mon père a des cicatrices un peu partout sur le corps qu'il a accumulées comme des trophées tout au long de sa vie.

Un jour, petite, je suis tombée en courant et je me suis mise à pleurer. Mon père m'a ramenée à la maison pour me soigner et, comme je n'arrêtais pas de chialer, il m'a montré toutes ses blessures. Elles zèbrent sa peau comme des parures et toutes ont une histoire. Je me rappelle encore la façon dont il a gagné chacune d'entre elles : en essayant de capturer une grenouille, il s'est percé la cuisse en tombant sur un bout de verre. En fuyant sa grande sœur à qui il venait de dérober une part de gâteau Robinson, il s'est fracassé l'arcade contre l'angle d'un meuble. Il a aussi failli perdre un doigt en courant pour aller répondre au téléphone – son alliance s'était prise dans la poignée d'une porte…

La chair se souvient de nos épopées. Alors heureusement que certaines cicatrices ne disparaissent pas.

Je vois peu mon père parce qu'il travaille beaucoup. Surtout depuis qu'il a son propre garage. Mon père, il aime la sueur, le cambouis, les boulons, les carrosseries, les moteurs, les bolides. Mais c'est moi qu'il aime par-dessus tout. C'est pour ça que malgré le boulot qu'il doit abattre pour nous faire vivre, il a décidé qu'il me consacrerait tous ses samedis matin. Quand il fait beau, on prend un ballon pour aller jouer au foot au stade. Quand il fait un peu plus froid, on sort les bécanes. Mon père m'a acheté une moto ! Pas un joujou genre doudou à son papou. Une vraie monture ! OK, ça se conduit sans permis et je ne dis pas que c'est une moto de Grand Prix, mais mon Bastos Bike a la classe : réservoir de trois litres, quatre vitesses, quatre-vingt-dix kilomètres à l'heure en pointe. Impressionnant, non ? Papa m'a appris à m'en servir et aussi à l'entretenir.

Ce samedi, le temps est idéal pour tailler la route. Je ramasse mon casque et je m'équipe avant de me précipiter dans le garage. Mon père est à la traîne, alors je m'époumone :

– Papa ! Papa ! Tu viens ?

Il me rejoint enfin, en tenue. Avant qu'on enfourche nos motos, il ne manque pas de me rappeler les règles :

– Chérie, tu te souviens ? « Sans maîtrise, la puissance n'est rien. » Alors pas de folie. Sur la route, on pense d'abord à la sécurité des autres et à la sienne. Le mauvais pilote, c'est celui qui se met en danger.

– Oui, Papa ! Tu vas me le répéter combien de fois ?

– Jusqu'à ce que ta mère arrête de me reprocher de t'avoir acheté ce bijou.

– Donc jamais !!

Il est plié de rire. On traverse le quartier pour se rendre dans les bois.

Depuis que j'ai cette moto, c'est toujours à cet endroit qu'on se rend pour que je fasse gronder le moteur. Je connais désormais chaque chemin, chaque bosse, chaque ceinture, chaque pente et chaque piège. On évite scrupuleusement les passages trop fréquentés par les promeneurs. Je mesure ma vitesse sans prendre de risques inutiles ou exagérés. Sur ma monture, je suis aussi à l'aise que sur un terrain de foot. Je dribble les obstacles, jongle avec les virages… Seulement, tous les champions sont un jour tombés sur un bourrin qui aurait pu mettre un terme à leur carrière. La mienne, de carrière, rencontre une espèce de monstre surgi des fourrés. Tout arrive tellement vite que je perds mes moyens. Je freine de toutes mes forces en essayant de garder le contrôle de ma bécane et réalise que le monstre des fourrés n'est autre que le poney noir de jais du cirque.

Mais qu'est-ce qu'il fout là, sérieux ?

Je vais encore trop vite et l'animal continue de foncer dans ma direction. Il ne me reste qu'une solution : me laisser glisser dans le fossé. Et malheureusement, à cause de la boue, la moto retombe lourdement sur ma jambe. La douleur m'arrache l'air des poumons et je ne parviens pas à me dégager. Mon père se précipite sur moi et tente de me rassurer :

– Ça va aller, ma chérie. Ça va aller, mon cœur.

Non ! Ça ne va plus aller. J'ai fait du tort à Ismaël, et à présent une foutue malédiction s'est abattue sur moi…

MEDI

LE VIDE

Depuis que je suis tout petit, on s'accorde à dire que je suis quelqu'un de marrant et que je sors des vannes de dingue : y a que les mauvaises langues qui prétendent que je suis une grande gueule. Les maîtres et les profs n'arrêtent pas de rabâcher que si j'étais aussi bon à l'écrit qu'à l'oral, ils n'auraient rien à me reprocher. Mais je crois que ni les profs, ni les maîtres, ni mes camarades, ni même mes potes ne me connaissent vraiment. C'est peut-être parce que je n'ai pas envie qu'on rentre dans ma tête, que quelqu'un me dissèque le cerveau ou s'incruste dans mon intimité, mon chez-moi. Je sais que chez les Français, quand on se lève du mauvais pied, on consulte son psychologue. Je n'ai jamais compris comment un bonhomme ou une bonne femme, sous prétexte que l'on s'allonge sur son divan, peut juger de ce qui est bon ou pas pour nous sur la base d'une anecdote. Chez moi, on s'en remet au mektoub. On attend que ça passe. On ressasse. Et si rien n'y fait, on use de notre *nif*.

C'est fou, mais le dictionnaire français est truffé de mots d'arabe. Sans vouloir faire l'intéressant, le mektoub, c'est le destin. Et le *nif*, c'est le nez. Rien à voir avec le pif qu'on a au milieu de la figure ! Le nez d'un Méditerranéen, c'est sa fierté… son orgueil. J'ai que onze ans, mais ma fierté, c'est ce qui me permet de combler le vide et de faire croire aux autres que tout va bien. Le vide, ce n'est pas l'espace. Le vide, ce n'est pas l'air, et encore moins le rien.

Le vide, c'est l'absence.

L'absence, c'est le vide. Peut-on toucher le vide ? Sentir le vide ? Entendre le vide ? L'embrasser ? On sait que le vide est là, mais peut-on lui donner un nom ? Dans mon univers à moi, le vide s'appelle « Papa ».

Le vide part au travail le soir quand l'enfant rentre de l'école et espère une petite histoire avant de s'endormir. Le vide rentre au petit matin, au moment où l'enfant enfile sa veste pour une longue journée face au tableau blanc. Souvent, le vide néglige l'enfant qui l'ignore à son tour.

Le vide est encore plus absent quand il est tout proche. Il reste de longues heures sur le canapé, le regard… vide. L'enfant préfère quand il s'enferme dans sa chambre, sinon, le vide reste silencieux comme un secret impénétrable. Le vide est muet, il est mystérieux, angoissant. Le vide… a sûrement des vies cachées. Et s'il arrive à l'enfant de l'espionner, c'est uniquement parce qu'il voudrait percer à jour le vide. Peut-être que le vide en veut à l'enfant de s'être choisi un nouveau prénom ? Qu'il a honte de l'enfant ?

Jamais je n'ai eu autant besoin de mon père. Neuf mois que je suis en sixième… Neuf mois, c'est juste le temps qu'il faut pour qu'un bébé vienne au monde. Neuf mois, c'est aussi le temps que j'ai passé à sentir cette boule enfler dans mon ventre. Neuf mois que je suis effrayé à l'idée de me rendre au collège. Cette peur me dévore de l'intérieur. Me tétanise. Comme le vide s'appelle Papa, ma peur a un nom : Fabrice Trognon. Le yéti existe bel et bien. Il n'a rien d'une peluche qu'on a envie de serrer contre sa joue. Et l'abominable homme des sixième rêve de me faire la peau depuis le jour la rentrée.

Je me souviens du moment précis où il a pris le dessus sur moi. Je venais de m'installer près du radiateur et je l'ai vu s'approcher de moi avec un sourire diabolique et des yeux menaçants. Il a sifflé à mon oreille :

– Vire de cette chaise ! Sinon… j'vais tellement te botter le cul que tu pourras plus t'asseoir.

J'ai eu peur. Et la peur ne m'a plus quitté depuis. Il ne se passe pas un jour sans que son haleine fétide ne vienne me polluer. Je voudrais tout avouer… Mais à qui en parler ? À mes amis ? Je ne veux pas passer pour un faible. Aux profs ? Je ne veux pas passer pour un mouchard. À mon père ? Quand j'étais petit, j'entendais souvent les copains dire : « Si tu m'embêtes, je vais le dire à mon père. » C'est là que j'ai compris que le mien, de père, ne ressemble en rien à celui des autres. Mon père, il a des bras mais ne me serre pas contre lui. Mon père, il a des lèvres mais elles n'embrassent personne. Mon père, il a une langue, mais je ne suis pas certain qu'il sache parler. S'il a un cœur, je ne sais pas pour qui il bat. Alors ce n'était certainement pas à lui que j'allais confier mes ennuis.

C'est sans doute la faute à mon *nif*. Je me sens seul. Livré à moi-même. Neuf mois perdu dans le vide, ça ressemble à l'éternité.

***

J'avale mon café au lait à la vitesse de l'éclair. Plus tôt je quitterai la baraque, moins l'absence de Papa pèsera sur moi. C'est pour cette raison que je suis toujours en bas avant les autres.

En les attendant, je révise mes répliques. Dans deux jours, on va jouer l'adaptation du *Petit Prince*, devant une grande partie du collège et les parents. J'ai le rôle principal. J'avoue que j'en suis fier. Je dois me montrer à la hauteur. Et si le vide était présent pour me voir sur scène ?

Erwan, Maya et Bounégueux arrivent. Comme tous les jours, ils sont en retard. Jeanne les accompagne. Depuis qu'elle est revenue à l'école après son accident au lac, elle fait le chemin avec nous. Aucun d'entre nous n'a osé lui demander si sa mère s'est finalement résolue à laisser sa fille traîner avec des karlouches, des bougnoules et des baragouineurs. N'empêche, j'en ai vraiment ras le bol de les attendre tous les matins :

– Vous êtes encore à la bourre ! Frères, c'est plus logique de nous donner rendez-vous en bas de chez moi. Maya et Jeanne peuvent nous rejoindre ici…

Au lieu de reconnaître qu'il fait un détour parce que depuis le primaire, il est amoureux de Maya,

Erwan me fait encore une leçon de galanterie. Je n'ai ni l'envie ni le temps de polémiquer. On doit retrouver la classe à 8 h 20 devant l'entrée du théâtre municipal pour la répétition générale du spectacle. La représentation est dans quatre jours. On n'a plus droit à l'erreur. Seulement, j'ai beau accélérer le pas pour ne pas arriver en retard, je vois bien que Maya est préoccupée. Elle n'est plus la même depuis que Jeanne a failli se noyer. Son accident de moto dans la forêt n'a rien arrangé. Elle a gardé un plâtre un mois durant. Elle s'est complètement rétablie, mais elle n'arrête pas de nous bassiner avec son histoire de malédiction. D'après elle, on est frappés par des plaies qui nous poursuivront tant qu'on ne dira pas la vérité à propos de l'incident de cet hiver.

C'est vrai qu'on a menti. À cause de nous, Ismaël est enfermé quelque part dans un hôpital pour les timbrés. Mais si on a menti, c'était pour protéger Jeanne.

– Wesh, Maya, ça va ? je demande.

– Pourquoi ? Y a un problème ?

J'ai ma réponse. Jeanne hausse les épaules quand je l'interroge des yeux. Elle aussi a remarqué que notre amie n'est pas dans son assiette.

Je n'aime pas qu'on essaye de rentrer dans ma tête, alors je décide de ne pas le faire avec Maya. Je n'insiste pas.

Le théâtre municipal se trouve dans le nord de la ville. Avant, ce quartier était un village couronné de champs, de marécages et de forêts. Et dire qu'il y a soixante ans, ma cité n'existait pas, et la cité des Cosmonautes non plus. Ma ville avait la taille d'une crotte de nez au milieu de la campagne. Et puis, on a asséché les marécages, on a rasé les champs et une bonne partie de la forêt pour accueillir les enfants de la Seconde Guerre mondiale et les ouvriers du monde entier. Difficile de croire que ce petit coin de France ne comptait que quatre mille âmes, il n'y a pas si longtemps.

Au village – parce qu'on continue de l'appeler comme ça –, il y a l'église, la mairie, et les gens qui y vivent ont une meilleure situation que ceux des cités. Ils fréquentent leur ghetto et nous, on est assignés à résidence dans le nôtre. Ils envoient leurs enfants dans l'établissement privé du village. Alors on ne les connaît pas, ces gens-là. Eux aussi ignorent tout de nous. Tout ce que je sais, c'est qu'ils mangent bio, ne se déplacent qu'à vélo et recyclent tout ce qui leur tombe sous la patte. Même les restes du McDo, à ce qu'il paraît. Le théâtre se trouve donc dans leur fief, juste en face du cinéma et pas loin de la bibliothèque municipale.

On est encore les derniers. Ils me fatiguent, Erwan et les autres, à ne jamais respecter les horaires.

– Vous êtes vraiment relous !! Wallah, la prochaine fois, j'me barre sans vous.

Comme d'habitude, Erwan ne sait pas faire profil bas :

– Zen ! On va pas à ton mariage, non plus…

Je ne vais pas me fatiguer à lui répondre. La classe est déjà installée dans les gradins. Je présente mes excuses à Mme Aslanian et à M. N'Sondé avant de m'asseoir. L'écrivain commence son discours. Il tient d'abord à nous féliciter pour le travail qu'on a abattu. Il nous trouve consciencieux et motivés. On a tous été à la hauteur, individuellement…

– Maintenant, on est dans la dernière ligne droite. Il ne s'agit plus d'individualité mais de faire corps. On doit veiller les uns sur les autres.

Wilfried N'Sondé nous observe : nous nous sommes placés dans les tribunes de la même façon que si nous nous trouvions en classe.

– Je sais que tous les jours, on a besoin de se sentir rassuré. Alors on ne côtoie que ceux que l'on connaît vraiment. Aujourd'hui, on va essayer de combattre cette mauvaise habitude.

La première partie de son atelier consiste à nous faire changer de siège. Il nous demande de repérer la personne qu'on connaît le moins, celle avec laquelle on a le moins d'atomes crochus, et d'aller vers elle. Ce que j'aime chez ce gars, c'est qu'il nous encourage à repousser nos limites. À nous remettre en question. Il avance pas à pas, et on avance avec lui. Il est exigeant mais patient. Et il en faut, de la patience, avec nous… Fabrice émet une objection :

– Pourquoi que j'irais m'asseoir à côté d'un mec que je peux pas piffrer ?!

– Pour devenir meilleur, monsieur Trognon. Être violent, ce n'est pas être bête, mais la violence prend toujours sa source dans l'ignorance. Comme le racisme. Il existe parce qu'on refuse de croire que l'autre n'est pas si différent de nous… Monsieur Fabrice Trognon, je vais donc vous demander de prendre place à côté de monsieur Medi Ayachi.

– Jamais de la vie !!

Moi non plus, je n'ai pas envie de me coltiner l'autre visage pâle. Mais M. N'Sondé dit quelque chose que je pensais être le seul à savoir :

– Puisque vous voulez qu'on en parle en public, voilà ce que je sais de vous deux : vous êtes en colère. Vous êtes en colère contre vos pères. Et c'est en cela que vous vous ressemblez. Maintenant, soit vous acceptez de travailler ensemble, soit on continue sans vous.

C'est peut-être Erwan qui a raison : les Africains sont des marabouts. Comment a-t-il deviné ce qui se passait dans ma tête, dans ma vie, dans mon intimité ? J'ai compris depuis longtemps que lorsque Fabrice arrive au collège avec des bleus ou des bosses au visage, ce n'est pas à cause d'un meuble, d'une porte ou d'une chute. Mais il préfère ne pas parler de son père. À cause de son *nif*.

Il est fort, Wilfried N'Sondé ! Très fort !

Je ramasse mon sac et je m'assois à côté de Fabrice. En faisant ce premier pas, je fais taire ma peur. Comme toute la classe respecte les règles du jeu, je me dis que Fabrice va prendre sur lui… jusqu'à ce qu'il siffle discrètement dans mon oreille :

– Tu veux jouer les héros ? Tu vas voir, je vais te crever.

Je me remets à trembler. C'est vraiment une cause perdue, ce mec… Mais il ne m'empêchera pas de donner le meilleur de moi-même.

On répète toute la matinée. À la fin de la séance, on a l'heureuse impression d'être prêts. Mme Aslanian et M. N'Sondé nous rassurent encore. Et en plus, j'ai droit à leurs félicitations. Je connais mon texte, mes déplacements, et je joue juste. J'vais pas mythoner, je suis super fier de moi aussi.

Sur le chemin du retour pour la cité, mes potes me complimentent. Y a que Maya qui ne m'envoie pas de fleurs. Elle continue à dire que d'autres malheurs vont nous tomber dessus. Elle commence vraiment à faire flipper, celle-là. Avant de nous quitter, Jeanne propose de nous rejoindre dans l'après-midi pour aller cueillir des cerises dans le verger.

On a beau être mercredi, on a du pain sur la planche.

– Vous préférez bouffer des cerises ou déchirer au spectacle ? je lance.

Erwan se tourne vers Bounégueux pour lâcher une vanne.

– Sérieux, l'Africain, tu lui as jeté quoi comme sort à mon Medi ?

– Le même qu'à toi, mais t'es tellement bête que ça ne marche pas.

On explose tous de rire. On décide que la cueillette de cerises aura lieu ce week-end, après la représentation. Tout le monde est d'accord. Et puis, sérieux, la saison des cerises, c'est jusqu'en juillet… on a largement le temps de se gaver.

L'appartement est vide. Maman et Papa sont au boulot. Ma petite sœur, Sarah, est au centre aéré. D'habitude, avec mes potes, on mange à la cantine avant de rentrer. Mais comme on a eu une répétition,

Maman m'a prévu un plateau à faire réchauffer. J'ai à peine lancé le micro-ondes que quelqu'un sonne à l'interphone.

– Oui ?

– Wesh ! Medi ? C'est moi, Rayan…

Rayan, c'est mon cousin. Il habite à quelques bornes de chez moi, mais on ne se voit jamais. Quand il a débarqué du pays, on était souvent fourrés ensemble. Seulement, depuis que Papa joue les fantômes, on ne se retrouve plus jamais en famille. Rayan, il voit plus souvent Erwan que moi, puisqu'ils passent leur temps à traîner dans les rues au lieu de faire leurs devoirs. Mon cousin habite la cité des Cosmonautes. C'est le quartier le plus malfamé de la ville. En comparaison, les Argonautes, c'est Versailles. Leurs bâtiments à eux n'étaient même pas peints en entier au moment d'accueillir les locataires. Si les Argonautes, c'est un quartier populaire, les Cosmonautes, c'est le bled. On est toujours en compétition, les gosses de là-bas et nous : pour le sport, pour la mode, pour le rap, pour la réputation, et je crois aussi pour les meufs. Mais guéguerre ou pas, Rayan, c'est la famille.

– Vas-y, monte, couz !

– Non, *khouya* ! Descends, s'te plaît.

Pourquoi il fait son babtou, celui-là ? Une fois en bas, j'essaye de l'embrasser comme le feraient des gamins liés par le sang, mais il a un mouvement de recul. Si ça se trouve, lui aussi est devenu vide. Je veux en avoir le cœur net :

– Pourquoi tu veux pas monter ?

C'est là qu'il me sort :

– Faut que t'arrêtes de traîner avec des balances.

Quoi ?! Il a traversé la moitié de la ville pour me dire ce que j'ai le droit de faire ou pas ? Pour me reprocher mes fréquentations ? Lui qui a disparu de ma vie ? Je le laisse quand même s'expliquer.

– Ta copine, là, tu sais, la feuje. Elle m'a poucave.

Honnêtement, je ne sais même pas ce qu'est une feuje. Je pense d'abord qu'il parle de Jeanne, mais quand il poursuit, je devine de qui il s'agit.

– La police est venue chez moi quand elle est tombée de sa moto.

– Tu parles de Maya ?

– J'men fous de son blase ! À cause de ta pote kafrine, on m'a serré.

Il parle bien de Maya. Mais je ne vois pas le rapport entre son accident et le problème de Rayan.

– De quoi tu parles, cousin ?!

Après un instant de silence, Rayan accepte de s'expliquer : il a volé le poney du cirque. Il croyait que c'était un bébé cheval. Alors il s'était mis en tête de l'élever pour en faire un pur-sang et gagner plein de pognon en remportant des courses. Il était en train de l'entraîner dans les bois quand il a perdu le contrôle. L'animal s'est mis à cavaler et a failli être percuté par Maya. Rayan a jugé préférable de prendre la poudre d'escampette. Seulement, les flics se sont pointés chez lui le lendemain de l'affaire.

– C'est forcément elle qui m'a balancé !

– Frère ! Chez nous, on balance pas.

J'ai beau essayer de le rassurer, il ne veut rien entendre. Il jure que je ne cherche qu'à la protéger. Que je suis devenu un babtou… pire, un feuj.

– Mais c'est quoi, un feuj, à la fin ?

– Tu sais pas ? Ça veut dire que t'es un sale traître !

Et il se barre aussi vite qu'il est apparu. Si c'est ça, la famille… je préfère encore mes amis. Je n'essaye même pas de le retenir. Et puis, j'ai d'autres renards à fouetter. Dans deux jours, je serai face au public. Je suis le petit prince, alors je vais pas me laisser égratigner par une épine.

Les minutes, les heures et les jours passent tellement vite quand on a une échéance… On est déjà dans les loges. On porte nos costumes. On se maquille et on est excités. Le public va bientôt rentrer dans la salle. Maya vient me trouver alors que je révise mon texte pour la centième fois.

– Tu vas assurer, Medi. J'en suis sûre.

Je ne sais pas quoi lui répondre. Ça fait des semaines qu'elle m'adresse à peine la parole. À cause de cette histoire de malédiction. Mais une question me trotte dans la tête depuis que mon cousin est venu me voir.

– Maya, tu es feuje ?

Je vois bien qu'elle ne pige pas pourquoi je passe du coq à l'âne, mais elle tente quand même de répondre à ma question.

– C'est pas parce que ma mère est juive que je crois qu'il va nous arriver des malheurs si on ne répare pas nos bêtises.

Ah bon ?! « Feuje », ça veut dire « juive » ? Comme si j'avais dit un gros mot, Maya me plante au milieu des loges.

Wilfried N'Sondé nous réunit et nous fait un discours dont il a le secret. Un discours qui me remue :

– On en a fait du chemin depuis le mois de septembre, les amis. Lou, tu ne zozotes plus, tu as remarqué ?

Il s'adresse à une élève qui confondait les *s* et les *z*. Il poursuit sa revue de troupe, sans nous mettre mal à l'aise.

– Arthur, quand tu penses à respirer, tu ne rougis plus. Crois toujours en toi.

Cette fois, il plante ses yeux dans les miens.

– Je ne vous l'ai pas encore dit, mais je suis fier de faire partie de votre bande. Je suis tellement heureux de partager cette aventure avec vous que j'ai peur, en vérité. C'est normal d'avoir peur. Cette peur-là s'appelle le trac. On a le trac parce qu'on veut donner le meilleur devant notre public. On a le trac parce qu'on est exigeants avec nous-mêmes. C'est normal d'avoir mal au ventre. Souvent, avant de monter sur scène, je dois faire caca…

Tout le monde est plié de rire. N'importe quoi !

– Je vous jure que c'est vrai. Quand je n'ai pas envie d'aller aux toilettes avant de monter sur scène, je me dis que je ne vais pas être bon. Alors acceptez le trac et allez faire caca…

Ce mec est dingue. Je le sais depuis qu'il a soutenu qu'Erwan a le droit de croire en la petite souris. Plus il parle, plus je sens monter la pression.

– Mes amis, il ne s'agit plus de réciter votre leçon. Vous devez prendre du plaisir et faire rêver les gens qui sont venus vous voir jouer. La peur, vous l'aurez avant de monter sur scène. Une fois que vous y serez, vous l'oublierez au bout d'une poignée de secondes. Et promis, à la fin du spectacle, vous vous direz : « Putain, c'est déjà fini ! J'en veux encore. »

Wilfried a dit un gros mot. Il en a dit beaucoup tout au long de l'année. Pas pour faire genre, mais juste parce qu'il est spontané. Je crois qu'il est honnête. Alors je ne veux pas le décevoir.

Comme s'il lisait dans mes pensées, il s'approche de moi tandis que les autres quittent la loge. Il écarte les bras avant de les poser autour de mes épaules. Il m'enlace. Je ne sais pas depuis combien de temps quelqu'un ne m'a pas serré contre lui. J'ai tellement perdu cette habitude que j'en suis presque venu à croire qu'un adulte n'a pas le droit de prendre un enfant dans ses bras. Subitement, je revois Ismaël qui porte Jeanne. Ismaël qui sauve Jeanne de la noyade. Et puis je me rappelle que moi aussi, j'ai besoin de chaleur et d'être sauvé du vide. Alors je lâche prise. Je noue mes bras autour des hanches de M. N'Sondé. Je pose mon front contre son torse et, alors que je vais pleurer, il se recule. Il plonge ses yeux dans les miens, essuie une larme naissante :

– Medi, je sais que tu vas être à la hauteur. Je veux juste te demander quelque chose : ne cherche pas ton père. Amuse-toi.

Il m'embrasse le front et me laisse seul avec ma trouille, mon envie de bien faire, et ce besoin absolu de savoir si la salle est pleine… si mon père est venu. Plus je m'approche de l'estrade en passant par les coulisses, plus je sens grandir ce crabe dans mon ventre. La salle peut contenir trois cents personnes. Au premier rang, il y a des classes du collège. Derrière, il y a les élus, les fonctionnaires de la municipalité. Enfin, il y a nos parents.

Je repère les parents de Bounégueux. Ceux de Maya et ceux de Jeanne. Même les parents d'Erwan sont venus le voir. Ma mère est assise à côté d'eux. Mais j'ai beau chercher… mon père n'est nulle part. Peut-être qu'il est en retard. Ce n'est pas possible autrement.

Je lui ai fait signer l'autorisation de droit à l'image. C'était la première fois depuis longtemps que je lui parlais vraiment. Je lui ai dit que j'allais être la star du spectacle ; que la prof et l'écrivain comptaient sur moi ; que la représentation reposait sur mes épaules et que j'avais travaillé comme un acharné ; que ce serait la plus belle des pièces de théâtre. J'ai juste oublié de lui dire que je voulais par-dessus tout qu'il vienne me voir sur scène. J'ai juste oublié de mettre mon *nif* de côté et de lui demander de faire de même. J'ai juste oublié de le supplier de me prendre dans ses bras. Il a le droit d'être le vide, mais j'ai besoin qu'il me fasse partager son univers autant que je brûle d'envie qu'il vienne me voir jouer le petit prince. Mais le vide, c'est l'absence.

Souvent, le vide nous ignore et on voudrait l'ignorer à notre tour, mais on est trop plein d'un besoin d'amour. Et s'il arrive à l'enfant de vouloir briller comme une étoile, c'est uniquement parce qu'il voudrait percer à jour le vide. Jamais je n'ai eu autant besoin de mon père. À mes yeux, la salle... est vide...

Une crampe me lacère soudain l'estomac. Comme si on me pinçait très fort. Je fonce aux toilettes. « Toilettes » au pluriel, c'est un peu faux. Il n'y a qu'un cabinet dans les loges. Je prends soin de vérifier qu'il y a encore du papier avant de me soulager. Hélas, je suis à peine installé que quelqu'un frappe à la porte comme une mule. Une voix hurle :

–Vire de là, vite fait ! Sinon, je vais te démonter.

C'est Fabrice. Il va me faire la peau. Je suis piégé. Personne ne peut me venir en aide ici. Mes amis doivent être dans les coulisses. Mme Aslanian et M. N'Sondé sont en train de faire leur discours d'accueil devant le public. Y a pas de CPE ou de surveillants pour me sauver la mise. Il ne reste qu'une issue : une lucarne au-dessus de la cuvette. Si je parviens à l'atteindre, je pourrai échapper à Fabrice. Alors je pose un pied sur l'émail... mais... Mais, sans doute sous mon poids, il se brise. J'entends un grand *CRRAAAAC* ! Avant de m'apercevoir que ma jambe aussi a fait *CRRAAAAC* ! Et pendant que je me tords de douleur, mon sang inonde la cabine… Maya a sûrement raison, on est maudits.

ÉPILOGUE

BOUNÉGUEUX

MAUVAISE PIOCHE

Il en a bavé, Medi. Et je ne parle pas que des neuf premiers mois de notre sixième. De sa souffrance silencieuse. Medi, il n'a jamais cafté. Il n'a jamais avoué qu'il avait peur. Notre ami a toujours été bien plus un bonhomme que nous tous réunis.

Après son opération de la jambe, il a enfin pu sortir de l'hôpital. Le père de Maya a décidé d'organiser un barbecue dans leur jardin pour fêter ça. Un chic type, le daron de Maya. Une espèce de gentil géant. Ce jour-là, il portait un débardeur qui épousait ses muscles saillants et laissait voir sa peau pleine de balafres. Il faisait facilement deux têtes de plus que mon vieux et il avait les mains calleuses à force de trifouiller dans les mécaniques. Par contre, quand il parlait à sa femme ou à Maya, sa voix se faisait miel. C'était clair qu'elles le faisaient fondre. Tablier rose attaché autour du cou et toque de travers sur son crâne d'œuf, il s'est efforcé de mettre l'ambiance.

– Personne ne danse ? a-t-il demandé. Allez, tout le monde ! On ne va quand même pas demander au pauvre Medi de nous faire un *moonwalk* !

– Et pourquoi pas ? a répliqué ce dernier. Même avec des béquilles, je suis sûr que je peux vous ridiculiser !

Heureusement, notre ami n'a pas été opéré de la bouche ! On a tous éclaté de rire. Ça a beau remonter, je me rappelle parfaitement qui était présent ce jour-là : Maya et ses parents, bien sûr, toute la famille d'Erwan, mes vieux et même ceux de Jeanne. Medi était seulement venu avec sa mère, car son père s'était décommandé au dernier moment.

Comme nos hôtes ont inauguré la piste de danse improvisée sur le gazon, j'ai décidé de prendre mon courage à deux mains et d'inviter Maya. Seulement, au moment où j'ai voulu me lancer, Erwan l'a prise par la main et l'a fait tournoyer au rythme de la musique. Je me suis dirigé illico vers les amuse-gueules, comme si de rien n'était, pensant que ma déconvenue était passée inaperçue… avant de croiser le regard de Jeanne, qui semblait aussi déçue que moi.

Ça s'est joué à un cheveu ! Je suis retourné m'asseoir à côté de Medi, réalisant que tout au long de notre année de sixième, j'avais manqué de chance. Dans cette grande loterie qu'est la vie, il y a des chiffres qui portent bonheur : le 7, le 4, le 3. Pour le 13, on ne sait pas trop : un coup oui, un coup non. Vu qu'on était en sixième, je crois que mes amis et moi, on avait tiré le 6. Et tout le monde sait que 666 est un nombre maudit ; ce qui explique peut-être la tournure de notre première année de collège pleine d'échecs et de déceptions… et la suite des événements.

Mais était-ce vraiment une malédiction ? Ou simplement le fruit de nos mensonges ? Peut-être avions-nous, sans le savoir, enfilé des bottes de sept lieues qui nous éloignaient de l'innocence. À cette époque, nous pensions encore être de simples aventuriers, ceux de la cité des Argonautes, alors qu'en réalité, nous avions déjà pénétré dans un bois sombre et sans salut qui nous mènerait vers demain. Comme dans les problèmes, nous nous y étions enfoncés jusqu'au cou… Mais à qui la faute ?

À Erwan ? Après tout, s'il ne m'avait pas accusé à tort du vol de son billet, Fabrice se serait peut-être fait casser la figure comme prévu et il aurait été trop honteux pour continuer à s'en prendre à Medi ?

Dit comme ça, on pourrait presque croire que Medi a fini à l'hôpital à cause d'Erwan. Le jour de notre presque-bagarre a marqué le début de notre amitié, même si, très tôt, j'ai su que Maya resterait l'angle mort de notre relation.

Était-ce Jeanne la responsable ? En serait-on arrivés là si elle était restée tranquillement chez elle à mener la vie de fantôme que sa mère lui imposait ? Après l'épisode du lac, Ismaël a été enfermé dans je ne sais quelle institution censée réparer les cerveaux qui ne fonctionnent pas comme il faut. On pensait tous qu'il reviendrait un jour, car une cité n'en est plus vraiment une sans son Ismaël…

Grâce à notre mensonge, la mère de Jeanne a plus ou moins accepté que sa fille nous fréquente, mais même aujourd'hui, je garde en tête un dicton de mon père : « Un mensonge, c'est comme un tissu qui s'effiloche avec le temps. Un jour, on se retrouve prisonnier dans ses filets. »

Et Maya ? Elle a souvent répété qu'on devait tout avouer, réparer notre erreur. Mais un sixième n'est pas plus mécanicien qu'une hirondelle ne fait le printemps, alors notre secret a continué à peser lourd sur nos cœurs… pendant longtemps. Mon cœur à moi, il a rapidement été plein à ras bord de Maya. Pendant des années, mon amour pour elle m'a habillé et m'a tenu chaud même pendant les tempêtes. Et quand il pleuvait sur la ville, il ne pleurait plus sur mon cœur.

Pouvait-on faire porter le chapeau à Fabrice pour tous nos problèmes ? On avait tous deviné que son père était plus Fouettard que Noël et qu'il recevait plus de coups que de cadeaux. Le quotidien de Trognon n'avait rien de mignon, alors pour oublier qu'il se sentait plus bas que terre, il se comportait comme un moins-que-rien. On aurait pu lui tendre la main si on n'avait pas décrété, sans autre forme de procès, qu'il ne serait jamais des nôtres. En tant que nouveau de la bande, j'aurais dû le comprendre mieux que quiconque. Seulement, j'avais beau lui ressembler sur ce point, je ne pouvais pas lui pardonner ce qu'il avait fait endurer à mon pote Medi – difficile de réclamer à un sixième de tendre l'autre joue. Un sixième crie vengeance, œil pour œil, et ses dents, mêmes baguées, sont aiguisées ! Une redoutable vendetta se serait abattue sur Fabrice si l'administration du collège n'avait décidé de le renvoyer. Il a été condamné à demeurer l'éternel Nouveau… un sort que je ne lui ai pas envié. Mais j'aurais dû me douter qu'on n'en avait pas fini avec le Trognon.

Et Medi, dans tout ça ? C'était évident qu'il était terrifié par Fabrice. Mais à qui pouvait-il se confier ? À nous ? Il refusait de passer pour un trouillard à nos yeux. Au corps enseignant ? Il connaissait mieux que quiconque les lois de la cité et du collège. À un adulte ? Medi ne faisait plus confiance aux adultes parce que le seul modèle qui comptait vraiment, c'était son père, et que celui-ci n'est même pas venu le voir au spectacle de fin d'année. Son fauteuil au théâtre est demeuré immensément vide pendant que son fils se vidait de son sang dans les toilettes des loges. En entendant ses cris de douleur, Fabrice a pris la poudre d'escampette, et M. N'Sondé a débarqué et défoncé la porte d'un coup de pied. Heureusement, les secours sont arrivés très vite et la jambe de Medi a pu être sauvée. Notre ami a passé la moitié de son été à l'hôpital ou en rééducation. Toute notre bande s'est relayée à son chevet : c'étaient de drôles de vacances, mais ce qui ne nous tue pas nous rend plus ivres de vie.

Quant à moi, j'étais prêt à tout pour être accepté et ne plus être le Nouveau. Même à mentir. Mais j'aurais dû savoir que les petits mythos d'un sixième peuvent rapidement devenir trop larges pour ses épaules…

Tout à mes pensées, je n'ai pas vu que Papa avait sorti sa guitare pour interpréter son dernier morceau :

Tu disais : « Maman, t'es belle, mais c'est pas beau d'pleurer.
Couve-moi sous ton aile quand je rêve de voler. »
Tu te demandais c'est quand demain.
Simple et tellement con d'aimer.
Garde ta notion du temps, l'espace que le grand dément.
Les bêtises que tu croquais ont-elles usé tes dents de lait ?
Écorché ta course effrénée ?
L'adulte doute où l'enfance est.

Reviens à toi ! Rugis quitte à prendre feu.
Ne t'éteins pas, les pleurs sont des bougies quand il pleut.
Le cadran veut te couper les vivres,
Laisse courir ta lumière pour te nourrir.
Reviens à toi ! Rugis pour fendre les cieux.
Ne retiens pas la peur. Souviens-toi quand tu étais Dieu.
Le cadran veut te couper les vivres,
Aime pour te nourrir. La vie, c'est juste être libre.

Il y a le loup sous le lit,
Les moutons dans le ciel.
N'oublie pas mon petit soulier
Dans ton tour de carrousel.

L'amour attendra son tour, le facteur n'est pas passé.
Tu sais qu'au bal des vautours, c'est celui qui dit qui hait.
Souviens-toi, nos pactes de sang, tes jeux de mains innocents.
Dans ta maison sous terre, viens, on disait que c'était hier.

Reviens à toi ! Rugis quitte à prendre feu.
Ne t'éteins pas, les pleurs sont des bougies quand il pleut.
Le cadran veut te couper les vivres,
Laisse courir ta lumière pour te nourrir.
Reviens à toi ! Rugis pour fendre les cieux.
Ne retiens pas la peur. Souviens-toi quand tu étais Dieu.
Le cadran veut te couper les vivres,
Aime pour te nourrir. La vie, c'est juste pour de rire.

Retrouve en toi l'enfant qui riait sous la pluie,
Suspendu aux branches.
Réveille l'enfant qui a trop vite grandi :
C'est beau, un adulte qui danse.

Rappelle-toi…

Même pendant un simple barbecue entre voisins, mon paternel a voulu faire son intéressant. Et ça a marché puisque son auditoire l'a chaleureusement applaudi. Dans cette petite parenthèse dorée, on n'a pas vu que quelqu'un venait de s'effondrer au sol…

À cette époque, j'ignorais que les arbres robustes sont parfois aussi fragiles que les jeunes pousses et qu'ils peuvent s'écrouler sans faire de bruit. J'ignorais qu'un papa n'est pas éternel. Celui de Maya gisait au sol, inconscient. Je revois sa femme se précipiter sur lui :

– Éric ! Éric ! Qu'est-ce qu'il y a ? Éric, s'il te plaît... Tu m'entends ?

Mon père a brusquement lâché sa guitare pour venir en aide à celui de ma copine. Il lui a fait du bouche-à-bouche et a appuyé sur son cœur, encore et encore.

Maya n'a pas bougé. N'a pas crié. N'a pas pleuré. Je ne savais même pas si elle était encore avec nous. Dans son jardin. Par un bel après-midi d'août. Sans nuage. Le soleil n'avait jamais semblé si jaune au-dessus de la cité des Argonautes.

À suivre dans...

CITÉ LES
ARGONAUTES
2. NOS CHERS PARENTS